古代文史名著选译丛书

主编 章培恒 安平秋 马樟根

西厢记选译

修订版

译注 王立言
审阅 董治安

凤凰出版传媒集团 凤凰出版社

图书在版编目（CIP）数据

西厢记选译 / 王立言译注. -- 南京 : 凤凰出版社, 2011.5
（古代文史名著选译丛书）
ISBN 978-7-5506-0369-1

Ⅰ. ①西… Ⅱ. 王… Ⅲ. ①杂剧－剧本－中国－元代 Ⅳ. ①I237.1

中国版本图书馆CIP数据核字(2011)第042227号

书　　名	西厢记选译
译 注 者	王立言
责任编辑	傅　扬
出版发行	凤凰出版传媒集团 凤凰出版社(原江苏古籍出版社) 南京市中央路165号　邮编 210009 发行部电话025-83223462
集团网址	凤凰出版传媒网　http://www.ppm.cn
照　　排	江苏凤凰制版有限公司
印　　刷	江苏凤凰通达印刷有限公司 南京市六合区冶山镇　邮编 211523
开　　本	960×1304毫米　1/32
印　　张	9.875
字　　数	160千字
版　　次	2011年5月第1版　2011年5月第1次印刷
标准书号	ISBN 978-7-5506-0369-1
定　　价	20.00元

（本书凡印装错误可向承印厂调换，电话：025-57572508）

《古代文史名著选译丛书》编委会

《古代文史名著选译丛书》修订版出版说明

呈献在读者面前的这套《古代文史名著选译丛书》是2011年的修订版。全书共134册，包括了中国从先秦至清末两三千年间的著名典籍。每部典籍都选其精粹(《论语》《老子》则全文收录)，收录原文，加以简明的注释，力求准确地译为现代汉语，并于每一篇之前写有对该文的提示性说明。这是近一个世纪以来，规模最大、收录种类相对齐全、译注质量较高的一套普及传统文化的今译丛书。

这套丛书，原在1992年—1994年由巴蜀书社分三批出齐，印行过万套；不久，又由台湾的出版机构买去海外版权在台湾及海外发行，可见这套丛书当年在两岸受欢迎的程度。时隔17年，丛书编委会决定重新修订,改由江苏凤凰出版集团所属的凤凰出版社出版。

这套丛书是由教育部属下的全国高等院校古籍整理研究工作委员会(简称古委会)于1985年策划的。古委会组织了全国18所大学的古籍整理研究所的所长任编委会编委,由我们三人任主编,在全国范围内选请学有专长的学者承担各书的译注。从1986年—1992年,历时7年完成。当时,编委会制订了严明、可行的体例和细则,译注者按要求完成书稿。每部书稿完成后,都在全国范围内请编委会之外的专门研究这一学术领域的两位专家初审,合格后再请两位编委参照初审意见审改,然后退还原译注者改正。待原译注者改正后,再由编委会集中常务编委和部分编委、相关专家在一地将每部书稿从头至尾审改。这样的集中审稿会一般都在8—15天,7年中开了12次审改会。审改后,三位主编再集中在一起逐一审定,交付出版社。这一工作程序,使得这套丛书的译注质量有了一定的提高。所以,这套丛书,在一定程度上是个人与多人合作的结果。关于这套丛书的编纂始末,我们曾在1992年4月全书交稿后写有一篇文章,这次附在修订版书末,便于读者了解。

这次修订，是交由原译注者自己修改。少数译注者已去世，则书稿一仍其旧。个别译注者已联系不上，也保持原貌。

1992年—1994年出版时，书前有当时古委会主任周林先生写的序。周林先生是这一丛书的发起者。他已于1997年6月去世，至今已14年了。为了尊重历史，也为了纪念他，修订版仍用他的序。

我们三人在1985年—1992年主持这套丛书工作时，年龄大的是从51岁到58岁之间，年龄小的是从44岁到51岁之间，那时尚有精力组织、参与这一工作，今天我们都已年逾古稀。全书修订版出版之际，心情似乎比当年更惴惴不安地期待着读者的评头品足，期待着不要对读者贻误太多。

回想这套丛书，真应该感谢我们的祖先为我们留下了这样深厚、丰富的思想、文化遗产，使我们今天仍然受用无穷。应该感谢这套丛书的全体译注者、审阅者、编委和当年的出版者巴蜀书社、今天的出版者凤凰出版社，是他们的学识、辛勤与真诚使得这套丛书得以面世。

章培恒　马樟根　安平秋

2011年3月15日

序

《古代文史名著选译丛书》与广大读者见面了。这是丛书编委会的同志与众多专家学者通力协作、辛勤耕耘的结果。

中华民族在五千年漫长的岁月里，创造了光辉灿烂的文化，给人类留下了丰富的精神财富。“观今宜鉴古，无古不成今”。今天，以马克思主义的科学理论为指导，整理研究我国古代文化典籍，做到汲取精华，剔除糟粕，古为今用，推陈出新，使人们在正确认识民族历史的同时，得到爱国主义的教育，陶冶道德情操，提高全民族的文化素质，促进社会主义文化的繁荣，使文明古国的历史遗产得以发扬光大，这是我们每个炎黄子孙的责任。而要做到这样，对古籍进行整理与研究是重要的基础工程。但是，整理与研究古籍仅作标点、校勘、注释、辑佚还不够，还要有今译，使老年人、中年人、青年人都愿意去读，都能读懂，以便从中得到教益。

基于以上认识，全国高等院校古籍整理研究工作委员会于1986年5月组成了以章培恒、安平秋、马樟根三位同志为主编的《古代文史名著选译丛书》编委会，确定了以全国十八所大学的古籍整理研究所为主力承担这一看似轻易、实则艰巨的今译任务。在第一次编委会议上，拟定了《凡例》、《编写与审稿要求》、《文稿书写格式》和一百余种书目。以每一种书为十万至十五万字计算，这套丛书大约有一千余万字，应该说是一项大工程。经过一年的努力，完成了第一批三十六部书稿的译注任务。在各研究所的专家与所长把关的基础上，于1987年5月和7月，先后在复旦大学、北京大学召开了部分编委参加的审稿会，通过了二十五部书稿，作为《古代文史名著选译丛书》与广大读者见面的第一批作品。与此同时，在1987年7月6日，邀请了在京的十几位专家教授与编委会十几位编委一起座谈这套丛书与古籍今译的问题。专家们肯定了今译工作的必要性与深远意义，并以他们数十年的教学科研和创作的经验，说明今译是一项难度很大的工作，是培养人才，使之打下坚实基本功的一种有效方法；专家们还对《古代文史名著选译丛书》提出了宝贵的建议，这对当时的审稿工作和保证《丛书》的质量起了很好的作用。

实践证明，古籍的今注不易，今译更难。没有对作品的深入、透彻的研究，没有准确、通俗、生动的语言表达能力，要想做好今译是不可能的。两年多来，全国高等院校古籍整理研究工作委员会在探索古籍的今注、今译的道路上，做了一些工作。这部丛书的出版，是系统今译的开始，说明古籍整理研究工作有了新的进展。更可喜的是，一批中青年学者参加了今注今译工作，为古籍整理增添了新生力量，相信他们会在实践中，在学习中，成长成熟。我希望，这套丛书的编委会和高校各古籍整理研究所要敞开大门，加强同国内外专家学者的联系，征求他们和广大读者的意见，并向有真才实学而又适宜做今译工作的专家学者约稿，以提高古籍译注的水平，使《古代文史名著选译丛书》的第二批、第三批作品的质量更上一层楼。

这是一套以文史为主的大型的古籍名著今译丛书。考虑到普及的需要，考虑到读者对象，就每一种名著而言，除个别是全译外，绝大多数是选译，即对从该名著中精选出来的部分予以译注，译文力求准确、通畅，为广大读者打通文字关，以求能读懂报纸的人都能读懂它。我希望这套丛书能成为中小学教师的语文、历史教学的参考书，成为大专院校学生的课外读物，成为广大文史爱好者的良师益友。由于系统的古籍今译工作还刚刚起步，这套丛书定会有不少缺点、错误，也诚恳地希望读者批评指正。

巴蜀书社要我为这套丛书写序，我欣然接受了。我相信这套丛书不仅会使八十年代的人们受益，还将使子孙后代受益，它将对祖国的繁荣昌盛起到点滴的作用。最后借此机会向曾给予我们支持、帮助的专家学者和巴蜀书社的同志表示衷心的感谢！并殷切地希望台湾同胞、港澳同胞、海外侨胞和我们一同做好祖先留给我们的文化遗产的整理工作，为中华民族灿烂的文化再放异彩而努力！

周　林

1987年10月于北京

目 录

前言

《西厢记》是中国古典名剧，是元杂剧的代表作。明代王世贞称它是北曲“压卷”的作品。《西厢记》在中国文学史的爱情主题的演变上，也有着重要的划阶段的意义。它是第一次出现的完整地写出恋爱过程、恋爱心理的作品。郑振铎在《文学大纲》中说：“中国的戏曲小说，写到两性的恋史，往往是两人一见面便相爱，便誓订终身，从不细写他们恋爱的经过与他们在恋爱时的心理，《西厢记》的大成功便在它的全部都是婉曲地细腻地在写张生与莺莺的恋爱心境的。似这等曲折的恋爱故事，除《西厢记》外，中国无第二部。”它反对封建宗法礼教制度，反对封建伦理观念，揭露封建统治阶级的伪善及野蛮残酷，歌颂青年男女对自由爱情的追求。在中国封建社会理学思想日盛的时代，一部宣传有情人终成眷属的剧本成为家喻户晓的作品，这不是很值得深思吗？郭沫若在《西厢记艺术上的批判与其作者之性格》中说：

> 反抗精神，革命，无论如何，是一切艺术之母！元代文学，不仅限于剧曲，全是由这位母亲产生出来的。这位母亲所产生出来的女孩儿，总要以《西厢》为最完美，最绝世的了。《西厢》是超时空的艺术品，有永恒而且普遍的生命，《西厢》是有生命的人性战胜了无生命的礼教底凯歌、纪念塔。

关于《西厢记》的作者，从元末至明初都未见提出疑议。周德清《中原音韵》、钟嗣成《录鬼簿》、贾仲明[凌波仙]吊词、朱权《太和正音谱》都认为是王实甫作。自明朝成化、弘治以来，开始有关汉卿作、王实甫作、关作王续、王作关续等各种说法，但都没有提出什么可靠的证据。不过《西厢记》现存版本都是明刻本，《西厢记》在流传中经过后人修改这是事实，但它仍保留了王作的基本面貌。

王实甫，名德信，大都人，是一个熟悉勾栏生活的作家。《西厢记》的创作成就得到了当时文坛的承认。但是，关于王实甫的生平资料却很少，孙楷第《元曲家考略》中引用《滋溪文稿》中苏天爵为王结写的《元故资政大夫中书左丞知经筵事王公行状》，认为文中王结之父王德信，即王实甫。王德信曾任"陕西行台监察御史"，在四十岁后弃官退隐。《雍熙乐府》、《北宫词纪》等书收录署名王实甫的[商调·集贤宾]套曲《退隐》中说：

[后庭花]住一间蔽风霜茅草丘，穿一领卧苔莎粗布裘；捏几首写怀抱的歪诗句，吃几杯放心胸村醪酒。这潇洒傲王侯！且喜的身登身登中寿，有微资堪赡赒，有亭园堪纵游。保天和自养修，放形骸任自由，把尘缘一笔勾，再休题名利友。

冯沅君、顾学颉等元曲研究家都同意并征引这些材料。但这些材料是否记录的就是《西厢记》作者王实甫，尚有疑问。

王实甫一生共创作了十三种杂剧，现在有全本流传下来的，除《西厢记》外，还有《四丞相高宴丽春堂》和《吕蒙正风雪破窑记》。《丽春堂》写金代右丞相乐善和右副统军使李圭矛盾斗争的故事。《破窑记》写宋代吕蒙正和刘月娥的故事。《破窑记》影响较大,刘月娥与吕蒙正的形象都较成功。

《西厢记》全名是《崔莺莺待月西厢记》,是一部以多本连演一个故事的杂剧。《西厢记》一共五本二十折,第二本中的楔子所唱为一套曲,所以有人认为第二本应是五折,无楔子。其他各本均为四本一楔子。

故事最早渊源是唐朝元稹的《莺莺传》,又名《会真记》。《莺莺传》是一篇传奇小说,这是最早的莺莺与张生恋爱的故事。传奇的末尾是以始乱终弃的悲剧为结局的。此后,莺莺故事,在诗词作品中经常被引用,或以《莺莺传》为题材进行再创作。如晏殊《浣溪纱》词、苏轼《雨中花慢》词等都引用了《莺莺传》中的诗句。秦观、毛滂有咏莺莺等古代美人的《调笑转踏》。宋朝的赵令畤又用这个题材写成[商词·蝶恋花]鼓子词。鼓子词对元稹《莺莺传》的结局,表现了惋惜的态度,以为这是一种永远的缺憾。“弃置前欢俱未忍,岂料盟言,陡顿无凭准,地久天长终有尽,绵绵不似无穷恨。”宋时还有无名氏的官本杂剧《莺莺六么》。

金代董解元写了《西厢记诸宫调》。学术界通常简称“董西厢”。诸宫调为北宋孔三传始创，南宋与金时流行，是一种合若干宫调以咏一事的说唱形式。董西厢对《莺莺传》故事做了彻底的改造。《莺莺传》始乱终弃的故事格局被打破，从而突出了反封建的主题，丰富了故事情节，塑造了成功的人物形象。

王实甫《西厢记》是在董解元《西厢记诸宫调》的基础上加工改写而成的。作品通过崔张二人共同反对封建礼教，追求幸福爱情并最终获得美满结局的动人故事，体现出反对封建礼教和封建婚姻制度的思想主题。它和《西厢记诸宫调》相比较又有所提高。《西厢记诸宫调》即已提出反对从封建家族利益出发要求门当户对的婚姻，但《西厢记》着力描写了崔张爱情多次遭到老夫人的阻挠和破坏，强化了礼教的统治和叛逆者之间的矛盾冲突，从而更深刻地揭露了礼教对青年自由幸福的摧残。另外，在《西厢记》里更明确地体现了“愿普天下有情的都成了眷属”的思想。这就使《西厢记》杂剧在思想成就方面大放异彩。《西厢记诸宫调》是说唱文字，情节不够集中，如兵围普救寺一场，用了很多篇幅叙述对阵厮杀，处理失之过重。《西厢记》的戏曲冲突则更为集中。《西厢记诸宫调》的人物性格不够统一，如张生最后听说老夫人已把莺莺许了郑恒，不仅没有据理力争，反而退缩避让。《西厢记》杂剧中的人物，特别是张生、莺莺、红娘的形象，则塑造得血肉丰满，个性鲜明。两部作品的语言风格也迥然不同。因而明代以后不仅戏曲舞台主要以王实甫《西厢记》为演出底本，就是说唱艺术中西厢故事也转而依据戏曲剧本了。

《西厢记》是一部杰出的喜剧，它的喜剧冲突既表现为对老夫人负义背盟，郑恒造谣欺骗的合理夸张，又表现为张生风魔痴狂，莺莺故作庄重和红娘热心快肠所造成的误会。两者互相作用，而以后者为主。由于作者放手按照喜剧的特点塑造莺莺、张生、红娘等典型人物，善于开掘人物的内心世界，把他们心曲中的隐微，形象、风趣地揭示出来，产生了强烈的喜剧效果。

《西厢记》的深刻思想内容，是通过戏剧冲突，剧中人物的行动体现出来的。《西厢记》中描摹最细微深刻的是莺莺。莺莺是一位深沉、幽静的少女，作品揭示了她青春的觉醒，对爱情的追求，以及成为封建礼教叛逆者的过程。特别是描写了她自身的思想矛盾和恋爱心理，使她成为一个成功的艺术典型。她早就由父母之命将终身许给了郑恒，本无爱情可言，但在暮春天气，不由自主地产生无限怅惘。她到佛殿间散步时唱道："花落水流红，闲愁万种，无语怨春风。"当她遇到张生以后，经过隔墙联吟，不自觉地产生了爱情，神魂荡漾，情思不快，"这些时坐又不安，睡又不稳，我欲待登临又不快，闲行又闷，每日价情思睡昏昏"。随着她心中爱情的萌生滋长，她对母亲的约束越来越不满。当张生出面献退兵之策时，她对张生的感情更进了一步。谁知母亲事过之后又变了卦，她一方面埋怨母亲，开始了内心的反抗，"俺娘把甜句儿落空了地，虚名儿误赚了我"。一方面，把心交给了张生。两人感情越深，莺莺表面行动就越矜持。她听琴时说"知音者芳心自懂，感怀者断肠悲痛"，她迫切希望两人到一起。但当红娘带来张生的简帖时，却又发起脾气，要去告诉老夫人，并声称自己与张生"只是兄妹之情，焉有外事"。她约张生到花园相会，但见面后又责问张生："张生，你是何等之人！我在这里烧香，你无故到此；若夫人闻知，有何理说！”直到张生病笃，莺莺才真正和张生结合。

莺莺这种做假的态度决定于她的家庭教育和贵族身份，同时也和她的处境有关。她每迈出一步都是不容易的。这反映了她追求爱情和恪守礼教两种思想的斗争；她也不能不考虑行动的后果，特别是在宗法社会，如果被遗弃，她将无法存身。任何一个少女在追求爱情过程中都不能不产生矛盾心理，而每个人的心理状态又不可能不受社会条件的制约。莺莺这一形象的真实性和社会意义也就在这里。莺莺是大胆的、刚强的，是礼教的叛逆者，又是一个矜持的、怯懦的贵族小姐。尽管她内心中炽热地燃烧着爱情之火，但她表面却仍是一个深沉幽静的闺中少女，这便是王实甫笔下的莺莺形象。

张生是一个“才高难入俗人机，时乖不遂男儿愿”的狂生。他在普救寺和莺莺“刚刚打过照面”，便“风魔了”。第一次和红娘说话，便自我介绍生辰八字，并特意强调“不曾娶妻”；十分痴情。墙角联诗后，他情不自禁地望着莺莺竟呆在那里，还是被宿鸟惊醒：

［幺篇］我忽听、一声、猛惊。元来是扑刺刺宿鸟飞腾，颤巍巍花梢弄影，乱纷纷落红满径。

他通过不懈的追求，终于赢得莺莺的爱情，他是一个志诚种。同时作品也写了他的才华，他临危不惧，敢于挺身而出，急人危难。《西厢记》还加强了他忠于爱情、轻视功名的思想。张生的形象比《莺莺传》里有很大变化，比《西厢记诸宫调》中也有发展。但他身上仍有轻狂和猥亵的言行，这是和元代杂剧作者某些放浪行为有联系的。

红娘是《西厢记》中一个主要角色，全剧二十折戏，有八折由红娘主唱。特别是第三本《张君瑞害相思》，全部由红娘主唱。老夫人悔婚后，崔张爱情发展的主要阶段，红娘是穿针引线的关键人物。红娘正是从正义感和同情心出发，促成了崔张的结合。

元代的杂剧作家根据语言风格的不同，可以分为本色派和文采派。本色派要求语言体现生活的本来面貌，关汉卿是本色派的代表作家；文采派则主张辞藻富丽，王实甫便是文采派的代表。明代朱权说“王实甫之词如花间美人。铺叙委婉，深得骚人之趣"(《太和正音谱》)。何良俊说王实甫"才情富丽,真辞家之雄"(《四友斋丛说》)。王实甫确实不愧是一位语言巨匠。他的语言风格,浓极而淡,婉转流丽;文辞华美,而又非常自然流畅。

中国戏曲与西方戏剧不同,有自己的民族特点。它不是写实的而是写意的,曲词继承诗词传统,不求每字每句与生活中的"形似",而要求"神似",贵在构成意境。在《长亭送别》一折中,莺莺共有十九个唱段,但真正是舞台上对话的很少,大多是写她的心理活动,以曲词写心理唱给广大观众听,演给广大观众看。虽然把莺莺心中的隐秘宣泄无遗,但莺莺仍不失其温柔矜持的外貌。如不少唱段,若当作话剧台词说出,那莺莺便不成为莺莺了。中国戏曲是透过演员的主观世界,表现客观世界的。《长亭送别》开始一曲[端正好]:

碧云天,黄花地,西风紧,北雁南飞。晓来谁染霜林醉?总是离人泪。

就是通过剧中人物——莺莺的离情,描绘出当时的环境气氛。中国古典戏曲主要是靠曲辞渲染场景。

这些具有深秋时节特征的景物，又使莺莺的离情得到形象表现。情景交融，意味隽永，是传统的“剧诗”的语言。这段曲词使观众进入一种境界。“董西厢”中也有一种相应的曲词：

[尾]莫道男儿心如铁，君不见满川红叶尽是离人眼中血。

两者比较，一个委婉，一个刚劲，各自具有不同的艺术风格。

另外，《西厢记》在主唱角色的分配和宫调结构的扩大上，对杂剧的体制也有革新和创造。第一本《张君瑞闹道场》由张生主唱，是末本。第二本《崔莺莺夜听琴》是旦本，其中三折由莺莺主唱，第二折由红娘主唱。所加“楔子”则由惠明主唱。第三本《张君瑞害相思》，由红娘主唱，是旦本。第四本《草桥店梦莺莺》，第一折由张生主唱，第二折由红娘主唱，第三折由莺莺主唱，第四折由张生、莺莺二人同唱。第五本《张君瑞庆团圆》第一折由莺莺主唱，第二折由张生主唱，第三折由红娘主唱，第四折由张生、红娘、莺莺同唱。第四本、第五本竟分不出旦本或末本，这在元杂剧中是一个特殊的例子。《西厢记》的音乐宫调结构也有所扩大，如第四本第三折《长亭送别》，这折戏是用正宫，但借入了中吕宫和般涉调。开始时以正宫写莺莺在去长亭路上的心境，接着借用中吕宫写长亭别宴，最后又接般涉调写莺莺与张生话别的场面。借宫虽不只见于《西厢记》，但这样的情况对刻画人物无疑会有着更强烈的艺术效果。

为了更好地了解剧本，这里简单地介绍一下元杂剧的艺术形式。元杂剧直接继承了金院本和诸宫调，并在诗词讲唱文学基础上创造出成熟的文学剧本。杂剧的剧本主要由曲辞与宾白组成。曲辞有严格的韵律要求，常使用衬字，又可变格增句，能比较自由地表达情意。“衬字”是与曲牌中的正字相对而言的，不限于用虚词，有大量的实词，对曲意有加强和提示的作用。宾白，包括剧中人的对白和独白，由白话和韵组成。此外，剧本里还有“科范”，简称“科”，用以规定人物的主要动作表演和舞台效果，是对演出的提示。元杂剧的角色较宋金杂剧的分工更细，主次鲜明。一本戏中的主要人物为正色，男主角由正末扮演，女主角由正旦扮演，全剧只有主角一人独唱，正末唱者为“末本”，正旦唱者为“旦本”。但也有例外，如《西厢记》第四本、第五本戏里，有末角主唱的折戏，也有旦角主唱的折戏。甚至在一折戏里，末、旦两角对唱或交唱。在末、旦之外，还有副末、贴旦、净、孤、卜儿、孛老、细酸、俫儿等角色，分别扮演剧中的次要人物。剧本的结构，一般均由四折组成。同一宫调的一套乐曲唱完称为一“折”，它既是音乐的单元，也是故事情节发展的大段落，相当于今天戏剧演出的一幕。也有个别的剧本是五折、六折，或多本连演。有的杂剧还有“楔子”，“楔子”指在四折以外所加的场次，一般放在戏剧的开端，相当于序幕，或放在折与折之间，与过场戏相似。“楔子”只用一两支曲子，不用套曲。剧本后面标有“题目正名”，一般用两句或四句对子，总括全剧内容，习惯上以最后一句做为剧名。

中国古典戏曲译注，难度很大；元杂剧的译注，难度更大。这是因为元杂剧既用了大量的口语，又与舞台演出密切结合。用王国维和胡适的话来说，它是“活文学”。如今用我笨拙的语言，把当时生动活泼的“活文学”译成现代汉语，实在无法取得满意的效果。错误之处更在所难免,还请读者指正。译文中对一些千古传诵的名曲,尽量保留原貌,这样处理是否得当,也很希望听到同好的批评。

此外,注释过程中参考了吴晓玲先生和王季思先生的注本,特向二位先生表示谢意。

王立言(北京师范大学文学院)

人　物　表

崔莺莺——崔相国之女，十九岁。正旦扮。

张君瑞——名珙，字君瑞，二十三岁。正末扮。

红　娘——莺莺侍女。旦扮。

老夫人——莺莺之母。外扮。

欢　郎——莺莺弟。倈扮。

法　本——普救寺长老。净扮。

法　聪——普救寺和尚，法本的弟子。

惠　明——普救寺和尚，法本的弟子。

孙飞虎——名彪，字飞虎。

白马将军——姓杜名确，字君实，征西大元帅，镇守蒲关。张君瑞同郡同学。

琴　童——张君瑞的书童。

店小二。

一、序　幕

序幕为原著第一本的楔子，是全剧的发端。它向观众（读者）介绍了本剧的主要人物之一崔莺莺一家的基本情况和故事发生的时间、地点。在崔相国病逝后，相国夫人带着女儿莺莺、儿子欢郎和侍女红娘，护送崔相国的灵柩去博陵安葬。因中途受阻停留在河中府的普救寺内。莺莺是一个十九岁的少女，“针黹女工，诗词书算”无所不能，崔相国生前曾将她许给老夫人的侄儿、郑尚书的儿子郑恒为妻，尚未成婚。莺莺上场所唱[幺篇]一曲，抒发了情窦初开的少女在暮春之际泛起的怀春与惜春感情，为以后戏剧情节的展开奠定了基础。

（外扮老夫人上开①）（二旦俫随上②）老身姓郑。夫主姓崔，官拜前朝相国③，不幸因病告殂④。只生得个小姐，小字莺莺，年一十九岁。针黹女工⑤、诗词书算，无不能者。老相公在日，曾许下老身之侄、郑尚书之长子郑恒为妻⑥。因俺孩儿父丧未满，未得成合。又有个小妮子⑦，是自幼伏侍孩儿的，唤做红娘。这一个小厮儿⑧，唤做欢郎。先夫弃世之后，老身与女孩儿扶柩至博陵安葬⑨；因路途有阻，不能得去。来到河中府⑩，将这灵柩

---

① 外：这里是外旦的简称，扮演剧中的老夫人。开：即“开呵”，或作“开科”。宋元民间技艺在开始的时候，第一个登场的人介绍内容或表演唱念都叫做“开呵”，这里是开场的意思。 ② 俫：杂剧里扮演幼年人的角色称为“俫”。这里用“旦”扮演红娘。“俫”扮演欢郎。 ③ 相国：官名。为百官之长，后世俗称宰相。唐以后多用作对担任相当职务的人的尊称。 ④ 殂（cú 徂）：死亡。 ⑤ 针黹：针线活。女工：又写做女红（gōng 工），指缝纫刺绣等针线活。 ⑥ 尚书：官名。秦时本为九卿之一的少府属官，职位很低。汉成帝时设立尚书员，职位虽低，但职权很大。隋唐时设尚书省，由六部尚书分管政务。其后尚书成为部的长官。 ⑦ 小妮子：宋元时称未婚的女奴为“小妮子”，与后来的“小丫头”同。 ⑧ 小厮儿：男孩，又称“小子”。 ⑨ 博陵：地名，汉时为蠡吾县。汉桓帝在此为其父立博陵，因此改名。治所在今河北蠡县南。 ⑩ 河中府：因位于黄河中游而得名，唐代开元八年（公元 720 年）改为蒲州，治所在河东（今山西省永济市蒲州镇）。

寄在普救寺内。这寺是先夫相国修造的，是则天娘娘香火院①；况兼法本长老又是俺相公剃度的和尚②，因此俺就这西厢下一座宅子安下。一壁写书附京师去，唤郑恒来，相扶回博陵去。我想先夫在日，食前方丈③，从者数百；今日至亲则这三四口儿④，好生伤感人也呵！

【仙吕·赏花时】夫主京师禄命终⑤，子母孤孀途路穷；因此上旅榇在梵王宫⑥。盼不到博陵旧冢，血泪洒杜鹃红⑦。

今日暮春天气，好生困人。红娘！你看佛殿上没人烧香呵，和小姐闲散心耍一回去来。(红云)谨依严命。(夫人下)(红云)小姐有请。(正旦扮莺莺上⑧)(红云)夫人著

① 香火院：为求功德福寿而供奉香火的庙宇。 ② 剃度：出家做和尚时需剃去头发，叫做“剃度”。剃度前要有一个在家人做施主，布施僧衣等物，这个和尚便是该施主剃度的和尚。 ③ 食前方丈：见《孟子·尽心下》。形容宴席时饭菜丰盛。方丈，一丈见方的意思。 ④ 则：同“只”。 ⑤ 禄命：指人的寿命。 ⑥ 旅榇：暂时停放在客地待运回故乡安葬的灵柩。榇，棺材。梵王宫：印度佛教传说认为教主释迦牟尼是婆罗门教信奉的创造大神梵天的转世，因此又称释迦牟尼做梵王，称释迦牟尼住处为梵王宫。后来用以泛指一般庙宇。 ⑦ 杜鹃：鸟名，又叫子规，传说是古蜀帝杜宇的化身。杜鹃的叫声非常悲苦，好像在说“不如归去”，传说叫的时候口里都流出血来。 ⑧ 正旦：元明以来戏剧里扮演女主人公的角色。

俺和姐姐佛殿上闲耍一回去来。(旦唱)

【幺篇[1]】可正是人值残春蒲郡东[2],门掩重关萧寺中[3];花落水流红,闲愁万种,无语怨东风。

(并下)

【翻译】

(老夫人、红娘、欢郎上)

老夫人(白):

老身姓郑,丈夫姓崔,曾任相国,不幸因病去世。身边有个女儿,取名莺莺,今年十九岁。她缝纫刺绣、写诗填词、书写算术,样样都能。丈夫在世时,曾经许配给我的侄儿、郑尚书的长子郑恒为妻。因莺莺的父亲正在丧期,没有结婚。又有个从小伺候莺莺的丫头叫做红娘。这个男孩是我的儿子,叫做欢郎。丈夫死后,我与女儿护送丈夫灵柩到博陵安葬。因中途受阻,来到河中府,将灵柩停放在普救寺里。这普救寺是丈夫生前修造的,是武则天娘娘供奉香火的寺院。况且这里的法本长老

① 幺篇:元代杂剧中在连续使用同一曲牌时,后面重复的曲子叫“幺篇”或“幺”,字数可与原曲的字数略有差别。这里的“幺篇”是前面[赏花时]一曲的重复。 ② 蒲郡:即指河中府。 ③ 萧寺:佛寺。传说南朝梁武帝(萧衍)最信佛,大造佛寺,并命萧子云书题为“萧寺”。后来人们就称佛寺为“萧寺”。

又是丈夫剃度的和尚，因此我们就在这西厢下一座房子里住下。一面写信到长安，叫郑恒来照顾我们回博陵。我想丈夫在世时，吃饭时有丰盛的菜肴，跟随左右的人有数百之多；现如今身边只有这三四个最亲近的人，真让人伤心呵！

老夫人（唱）：

丈夫京城寿命终，

寡母孤儿遭困窘。

因此将灵柩停在梵王宫。

不知何时才能送回博陵的墓冢，

悲苦的血泪将杜鹃花染红。

老夫人（白）：

现今已是暮春天气，甚是困乏。红娘！你看佛殿上若是没人烧香，可以陪小姐散散心去。

红娘（白）：

遵命。

（老夫人下）

红娘（白）：

有请小姐。

（莺莺上）

红娘（白）：

夫人叫我和姐姐到佛殿去闲耍一会儿。

莺莺（唱）：

恰好是残春时节，
人随春色在蒲东，
深院锁重门，
寄居佛寺中；
花落水流红，
闲愁万种，
无语怨东风。

（莺莺、红娘同下）

二、奇　逢

“奇逢”为原著的第一本第一折。故事发生在河中府普救寺。书生张君瑞进京参加科举考试，途经河中府，准备先顺路去拜访现任关西大元帅，镇守在蒲关的老朋友杜确，然后再起程到长安应考。停留期间闲游普救寺，不料在佛殿巧遇莺莺。顿时，张生被莺莺的美貌所倾倒，而莺莺临去时的“秋波一转”也极微妙地泄露出少女若有所动的心声。从此播下了相思的情种，引出了张生与莺莺的爱情故事。这场戏，张生第一次出场，他首先自报了姓名、身世，这是中国古代戏剧的传统习惯。戏中还点出了关西大元帅杜确，这是张君瑞与崔莺莺结为婚姻的关键人物，为以后情节开展，埋下了伏笔。另外，在艺术手法上值得我们注意的是，莺莺本是全戏的主角，但这里却没有在开场时便对莺莺进行正面描绘，而是透过张生的眼睛和感情写出了莺莺的美貌无双，“刚刚的打个照面”便“风魔了张解元”。这种烘云托月的笔法，在剧中取得了良好的艺术效果。

（正末扮骑马引俫人上开①）小生姓张，名珙②，字君瑞，本贯西洛人也③。先人拜礼部尚书④，不幸五旬之上，因病身亡。后一年丧母。小生书剑飘零，风云未遂，游于四方。即今贞元十七年二月上旬⑤，唐德宗即位，欲往上朝取应⑥。路经河中府，过蒲关上⑦。有一人姓杜，名确，字君实，与小生同郡同学，当初为八拜之交；后弃文就武，遂得武举状元⑧。官拜征西大元帅，统领十万大军，镇守著蒲关。小生就望哥哥一遭，却往京师求进。

---

① 正末：元杂剧中扮演男主人公的角色。 ② 珙（gǒng 拱）：玉石的一种。 ③ 本贯：原籍、籍贯。 ④ 先人：指死去的父亲。 ⑤ 贞元：唐德宗李适的年号之一。 ⑥ 上朝取应：到首都去参加考试。 ⑦ 蒲关：即蒲津关，黄河渡口，是为战守必争之地，在今山西省境内。 ⑧ 武举：又称武科。科举考试中专为选拔武官而设的科目，始于唐代。名目与文科相同。

暗想小生萤窗雪案[1]，刮垢磨光[2]，学成满腹文章，尚在湖海飘零，何日得遂大志也呵！万金宝剑藏秋水[3]，满马春愁压绣鞍[4]。

【仙吕·点绛唇】游艺中原[5]，脚根无线，如蓬转[6]。望眼连天，日近长安远[7]。

【混江龙】向诗书经传，蠹鱼似不出费钻研[8]。

---

① 萤窗：晋代人车胤非常好学，但家贫无钱买灯油，夏天的晚上便捉萤火虫装在袋子里，借萤火虫的光亮读书（见《晋书·车胤传》）。雪案：晋代人孙康，没有钱买油点灯，冬天的晚上，借用白雪的光亮读书（见《尚友录》）。 ② 刮垢磨光：学习必须如同把铜镜上的污垢刮光，磨得使其发出光亮才成（见韩愈《进学解》）。就是说学习要持之以恒，不懈地努力。 ③ 秋水：秋水清澈、明净。比喻宝剑的光芒。 ④ 绣鞍：饰有花绣的马鞍。 ⑤ 游艺：游学的意思。中原：中土，中州，即河南或黄河中下游一带。 ⑥ 蓬转：蓬草随风飘转。蓬草开小白花，秋天被风吹起，到处飘扬。这里喻身世飘零。 ⑦ 日近长安远：晋明帝司马绍年幼时受父亲元帝（司马睿）的宠爱，一次适逢长安来了一个使者，父亲问司马绍说太阳与长安哪个离得近？司马绍回答说："长安近，因为没有听说人从太阳那边来。"元帝非常奇异。第二天宴请群臣时又问他，他回答说"太阳近"，父亲奇怪地说你怎么和昨天说的不同？他说因为抬头可以看见太阳，却看不见长安（见《晋书·明帝传》）。这里隐喻求取功名的艰难。 ⑧ 蠹（dù 杜）鱼：蛀食衣物或书籍的虫子。

将棘围守暖①，把铁砚磨穿②。投至得云路鹏程九万里③，先受了雪窗萤火二十年。才高难入俗人机，时乖不遂男儿愿。空雕虫篆刻④，缀断简残编⑤。

行路之间，早到蒲津。这黄河有九曲⑥，此正古河内之地⑦，你看好形势也呵！

【油葫芦】九曲风涛何处显，则除是此地偏。这河带齐梁，分秦晋，隘幽燕。雪浪拍长空，天际

---

① 棘围：棘院。古代考进士的试场。为防止传递作弊，试场周围墙上都插上荆棘（见杜佑《通典》）。 ② 铁砚磨穿：铁砚，铁制的砚台。五代时有一个叫桑维翰的人，最初去考进士，主考的人讨厌他的姓与“丧”同音，不取他。桑维翰就做了一个铁制的砚台，对人发誓说，等到把铁砚磨穿了，我才不再考试。最后终于考中了进士（见《五代史·桑维翰传》）。③ 投至得：等到的意思。云路：比喻仕途。鹏程：比喻远大的前程。鹏，传说中的大鸟（见《庄子·逍遥游》）。“云路”、“鹏程”表示功名成就。 ④ 雕虫篆刻：指文章修辞之事。原意为微不足道的小技（见《扬子·法言》）。这里比喻钻研书籍。⑤ 缀：连缀。断简残编：残缺不全的书籍。宋·欧阳修喜欢整理搜集残缺不全的古代文物。“凡周汉以降金石遗文、断编残简，一切掇拾”（见《宋史·欧阳修传》）。这里有搜集阅读古书的意思。 ⑥ 九曲：黄河流经甘肃的一段曲折最多，因又以九曲代指黄河。 ⑦ 河内：指黄河以北，约相当于今天河南北部、中部地域。

秋云卷。竹索缆浮桥①，水上苍龙偃。东西溃九州②，南北串百川。归舟紧不紧如何见③？恰便似弩箭乍离弦。

【天下乐】只疑是银河落九天④；渊泉，云外悬，入东洋不离此径穿。滋洛阳千种花⑤，润梁园万顷田⑥，也曾泛浮槎到日月边⑦。

说话间早到城中。这里有一座店儿，琴童接了马者！店小二哥那里⑧？（小二上云）自家是这状元店里小二哥。官人要下呵，俺这里有干净店房。（末云）头房里下，先撒和那马者⑨！小二哥，你来，我问你：这里有甚么

---

① 竹索：竹绳。缆：系。 ② 溃：流过。九州：代指全国。 ③ 紧不紧：就是“紧”的意思。 ④ 疑是银河落九天：唐诗人李白《望庐山瀑布》中的诗句。九天，形容天空高不可测。 ⑤ 滋：浇灌。洛阳千种花：苏辙《司马君实端明独乐园》中的诗句。自周代以来许多王朝曾建都于洛阳，这里的花卉最多，尤以牡丹最为著名。 ⑥ 梁园：汉梁孝王（刘武）好建造宫室园林，曾经修建了一座面积非常大的兔园，又叫“梁园”或“梁苑”，故址在今河南商丘东（见《西京杂记》）。这里指汴州，即河南开封。 ⑦ 浮槎（chá 查）：传说里往来于海上和天河之间的木排筏子。传说汉代张骞驾着浮槎顺着黄河向上划，到了天河，遇见了天牛星与织女星（见《博物志》）。 ⑧ 小二哥：即二哥，宋元习称店主为大哥，店伙计为二哥。 ⑨ 撒和：驴马劳累之后，卸去其身上的鞍韂喂食、溜达，叫“撒和”。者：语尾助词。

闲散心处？宫观、寺院、胜境、福地皆可。（小二云）俺这里有一座寺，名曰普救寺，是则天皇后香火院，盖造非俗：琉璃殿相近青霄，舍利塔直侵云汉①。南来北往，三教九流，过者无不瞻仰；则除那里可以君子游玩。（末云）琴童料持下晌午饭②！俺到那里走一遭便回来也。（童）安排下饭，撒和了马，等哥哥回家。（下）（法聪上）小僧法聪，是这普救寺法本长老座下弟子。今日师父赴斋去了③，著我在寺中，但有探长老的，便记著，待师父回来报知。山门下立地④，看有甚么人来。（末上云）却早来到也。（见聪了，聪问云）客官从何来？（末云）小生西洛至此，闻上刹清爽幽雅⑤，一来瞻仰佛像，二来拜谒长老。敢问长老在么？（聪云）俺师父不在寺中，贫僧弟子法聪的便是。请先生方丈拜茶⑥。（末云）既然长老不在呵，不必吃茶。敢烦和尚相引瞻仰一遭，幸甚！（聪云）小僧取钥匙，开

---

① 舍利塔：和尚的坟。和尚死后火葬，未烧尽的骨骼和灰烬称为“舍利”，造塔埋藏，又称佛塔（见《释氏要览》注）。云汉：云霄，即指高空。 ② 料持：料理、准备。 ③ 赴斋：和尚应邀到外边吃饭或做功德。斋，是印度梵语“乌哺沙他”的意译。 ④ 山门：佛寺的外门。立地：站着。 ⑤ 上刹（chà 岔）：贵庙。唐以后通称佛寺为“刹”。 ⑥ 方丈：和尚住的地方。因住室面积一丈见方而得名。后也代指寺内的住持和尚。

了佛殿、钟楼、塔院、罗汉堂[1]、香积厨[2]，盘桓一会，师父敢待回来[3]。(末云)是盖造得好也呵！

【村里迓鼓】随喜了上方佛殿[4]，早来到下方僧院。行过厨房近西，法堂北，钟楼前面。游了洞房，登了宝塔，将回廊绕遍。数了罗汉，参了菩萨[5]，拜了圣贤[6]。(莺莺引红娘拈花枝上云)红娘，俺去佛殿上耍去来。(末做见科)呀[7]！正撞著五百年前风流业冤。

【元和令】颠不剌的见了万千[8]，似这般可喜娘的庞儿罕曾见[9]。则著人眼花撩乱口难言，魂灵儿飞在半天。他那里尽人调戏，亸着香肩[10]，只将花笑拈。

---

① 罗汉堂：传说释迦牟尼弟子有五百个修成阿罗汉果，寺里专有一个房子安置阿罗汉的塑像，叫“罗汉堂”。 ② 香积厨：寺里的厨房。 ③ 敢待：可能、大概要的意思。 ④ 随喜：佛教徒瞻拜佛像的意思。瞻拜时，必随缘发生欢喜心，因叫“随喜”。这里是游览参观寺院的意思。 ⑤ 菩萨：梵语“菩提萨埵”的省称。一般庙里佛像旁站着的两个像，即菩萨像。 ⑥ 圣贤：这里指释迦牟尼。 ⑦ 科：“科范”的省称。元杂剧中对剧中人动作、表情的提示。 ⑧ 颠：漂亮、风流。不剌(pù là 铺辣)：元代语言里的语助词，形容“颠”之甚。 ⑨ 庞儿：脸庞儿。 ⑩ 亸(duǒ 朵)：下垂的样子。

【上马娇】这的是兜率宫①，休猜做了离恨天②。呀，谁想著寺里遇神仙！我见他宜嗔宜喜春风面，偏！宜贴翠花钿③。

【胜葫芦】则见他宫样眉儿新月偃，斜侵入鬓云边。（旦云）红娘，你觑④：寂寂僧房人不到，满阶苔衬落花红。（末云）我死也！未语人前先腼腆⑤，樱桃红绽，玉粳白露，半晌恰方言。

【幺篇】恰便是呖呖莺声花外啭，行一步儿可人怜⑥。解舞腰肢娇又软，千般袅娜，万般旖旎⑦，似垂柳晚风前。

（红云）姐姐，那壁有人，咱家去来。（旦回顾觑末下）（末云）和尚，恰怎么观音现来？（聪云）休胡说，这是河中开府崔相国的小姐。（末云）世间有这等女子，岂非天姿国色乎？休说那模样儿，则那一对小脚儿，价值百镒之金⑧。

---

① 兜率（dōu lǜ 都律）宫：印度佛教神话里的天宫。兜率，充满欢喜的意思。 ② 离恨天：印度佛教神话又说须弥山顶是“忉利（dāo lì 刀利）天”，是三十三的意思，所以又叫“三十三天”。元代杂剧中常有“三十三天，离恨天最高，四百四病，相思病最苦”之语。 ③ 钿（diàn 店）：用金翠珠宝等制成的花朵形的首饰。 ④ 觑（qù 去）：看。 ⑤ 腼腆（miǎn tiǎn 免舔）：害羞。 ⑥ 可人怜：惹人喜爱。怜，爱。 ⑦ 旖旎（yí nǐ 倚拟）：娇柔的样子。 ⑧ 镒（yì 益）：二十四两为一镒。

(聪云)偌远地[1]，他在那壁，你在这壁，系著长裙儿，你便怎知他脚儿小？(末云)法聪，来，来，来！你问我怎便知，你觑：

【后庭花】若不是衬残红芳径软，怎显得步香尘底样儿浅[2]。且休题眼角儿留情处，则这脚踪儿将心事传。慢俄延，投至到栊门儿前面，刚那了一步远。刚刚的打个照面，风魔了张解元[3]。似神仙归洞天，空余杨柳烟，只闻得鸟雀喧。

【柳叶儿】呀，门掩著梨花深院，粉墙儿高似青天。恨天，天不与人行方便，好著我难消遣，端的是怎留连。小姐呵，则被你兀的不引了人意马心猿[4]？

(聪云)休惹事，河中开府的小姐去远了也。(末唱)

【寄生草】兰麝香仍在，珮环声渐远。东风摇曳垂杨线，游丝牵惹桃花片，珠帘掩映芙蓉面[5]。你道是河中开府相公家，我道是南海水月观音现。

---

① 偌(ruò 若)：那么。 ② 底样儿：指走路留下的鞋底印。③ 风魔：迷惑。 ④ 兀(wù 务)的不：怎么不。意马心猿：比喻人的心思散乱，把握不定。 ⑤ 芙蓉：荷花。古代文学中常用以形容妇女美貌。

“十年不识君王面，始信婵娟解误人①。”小生便不往京师去应举也罢。（觑聪云）敢烦和尚对长老说知，有僧房借半间，早晚温习经史，胜如旅邸内冗杂；房金依例拜纳，小生明日自来也。

【赚煞】饿眼望将穿，馋口涎空咽，空著我透骨髓相思病染，怎当他临去秋波那一转！休道是小生，便是铁石人也意惹情牵。近庭轩，花柳争妍，日午当庭塔影圆。春光在眼前，争奈玉人不见②，将一座梵王宫疑是武陵源③。（下）

【翻译】

（张君瑞骑马引琴童上）

张君瑞（白）：

小生姓张，名珙，字君瑞，原籍是西洛人。父亲在世时曾做过礼部尚书，不幸五十多岁时便因病死去。第二年又死去了母亲。我携带着书籍、佩挂着宝剑，漂流在

---

① “始信”句：意为方才相信美人能误人前程。 ② 争奈：怎奈，无奈。玉人：形容美丽的人。 ③ 武陵源：相传东汉时，刘晨、阮肇二人同入天台山采药，遇见两个女子，约其到家，留半年。那个地方四季如春。等到他们返回家时，他们的子孙已经过了七世（见《太平御览》引南朝刘义庆《幽明录》、《太平广记》引“神仙传”）。

外，功名未遂，四处游荡。如今正是贞元十七年二月上旬，唐德宗即位，我想要到长安去参加科举考试。路过河中府，蒲关，这里有一个老朋友姓杜名确，字君实，与我是同乡同学，当初曾结拜为兄弟。他后来弃文就武，参加朝廷的武科考试，考中武状元，做了征西大元帅，率领十万大军镇守蒲关。我想去看望他一下，再去京师求取功名。思想起来，自己勤学苦读，学成满腹文章，现在仍然四处飘游，什么时候才能功成名就啊！才学得不到施展，像宝剑掩没了光芒，满腹春愁压马鞍。

张君瑞（唱）：

游学中原，
踪迹无定，
如蓬草一样到处飞转。
放眼远望地连天，
只能看得见太阳，
望不到长安，
求取功名真艰难。

对着诗书经传，
像书虫一样，
埋在书里苦钻研。
将考场坐暖，

把铁砚磨穿。

有一天中举做官，

到那时像大鹏一样，

展翅行程九万，

先要苦学二十年。

才高难合俗人意，

时运不济未遂男儿愿。

白白钻研了文辞章句，

空自贯通圣贤经传。

张君瑞(白)：

行走之间，早已来到蒲津关，这黄河曲曲折折有九道弯，这里正是黄河以北地带，你看多好的山川形势呵！

张君瑞(唱)：

黄河的惊险、风涛，

哪里能看见？

只有这里最明显。

这河连接着鲁豫，

分开了秦晋，

控制着幽燕。

雪浪拍长空，

天际秋云卷。

竹索缆浮桥，

像苍龙一样横卧水面。

从东到西流过全国大地，

南北贯连着许多河川。

归舟急，

恰似弩箭乍离弦。

黄河之水天外来，

似是银河落九天，

流入大海一定要穿过蒲津关。

浇灌了洛阳的千种花，

滋润着梁园的万顷田。

也曾有人驾着筏子，

从这里划到天河边。

张君瑞(白)：

说话之间，已来到城中，这里有一家旅店。琴童！把马接过去。店伙计在哪里？

店伙计(上)(白)：

我是这状元店里的伙计。客人要住在这里吗？俺这里有干净的店房。

张君瑞(白)：

我想住上等房间。先把马喂了、溜了。伙计过来，我问你，这里有什么地方可以游玩？名山胜境、佛家的寺庙、道教的宫观都可以。

伙计(白):

这里有一座普救寺,是武则天皇后供奉香火的寺院,建造得非同一般。琉璃瓦盖的佛殿高近青天,舍利塔直插云霄。南来北往,三教九流的人物,从这里路过,都要去那里瞻仰。只有这个地方您可以去游玩。

张君瑞(白):

琴童,你去准备午饭,我到普救寺去一下就回来。

琴童(白):

好吧!我准备好饭,喂了马、遛了马,等着您回来。

(张君瑞、琴童同下,法聪上)

法聪(白):

我叫法聪,是这普救寺法本长老的弟子。今天师父出外去做佛事,叫我在寺中,如果有探望长老的,就记下,等师父回来告诉他。我在这庙门下站着,看有什么人来。

(张君瑞上)

张君瑞(白):

已经来到了普救寺。

(张君瑞与法聪相见)

法聪(白):

客人从哪里来?

张君瑞(白)：

我从西洛到这里，听说贵庙幽雅清爽，一来瞻仰佛像，二来拜谒长老。请问长老在么？

法聪(白)：

我师父不在寺里，我叫法聪，请先生到方丈屋里喝茶。

张君瑞(白)：

既然长老不在，不用吃茶了。麻烦您引导在寺里瞻仰一番，就非常好了。

法聪(白)：

我去取钥匙，开了佛殿、钟楼、塔院、罗汉堂、香积厨，盘桓一会，师父可能就回来了。

张君瑞(白)：

真建造得好啊！

张君瑞(唱)：

参观了佛殿，

又来到了僧院。

经过靠近西面的厨房，

北面是念经说法的殿堂，

钟楼就在前面。

游历了静修养性的房间，

登上了宝塔，

把回廊绕遍。

数罗汉，

参菩萨，

又拜了圣贤。

（莺莺引红娘拈花上）

莺莺（白）：

红娘，咱们去佛殿上玩耍一会。

（张君瑞见莺莺、红娘）

张君瑞（白）：

呀！

张君瑞（唱）：

猛然见，

五百年前结下的风流孽冤。

漂亮的人儿见了万千，

像这样的美人儿真少见。

只教人眼花缭乱口难言，

魂灵儿飞去半天。

她那里任人看，

垂着双肩。

只微微含笑将花儿拈。

这里的确是天宫殿，

怕不是害相思的离恨天。

谁想这寺里遇神仙！

她那宜嗔宜喜的脸庞，

最相宜贴上翠花钿。

只见她横卧的秀眉，

像新月一样细又弯，

斜着伸向发鬓边。

莺莺（白）：

红娘，你看，寂静僧房人不到，满阶的青苔把落花映衬得更红了。

张君瑞（白）：

我该死了。

张君瑞（唱）：

人前未语先腼腆，

樱桃小口笑微微，

现出似粳米般的白牙，

半晌才开言。

笑语声声，

恰似莺声婉转花外传，

行一步惹人爱怜。

善舞腰肢娇又软，

千般袅娜，

万般旖旎，

似垂柳轻舞在晚风前。

红娘(白)：

小姐，那边有人，咱们走吧！

(莺莺回头看了张君瑞下)

张君瑞(白)：

法聪！刚才怎么看到观音出现?

法聪(白)：

不要胡说，这是崔相国的小姐。

张君瑞(白)：

世界上竟有这样美的少女，真是天姿国色，不说那模样儿，就是那一双小脚，就美极了。

法聪(白)：

这么远的地方，她在那边，你在这边，她穿着长裙子，你怎么知道她的脚小?

张君瑞(白)：

法聪，你问我怎么能知道，你看：

张君瑞(唱)：

若不是，

衬着落花的小径松又软，
怎显出
印在泥土上的脚印儿浅。
且休提眼角儿留情处，
只这脚印儿将心事传。
慢慢地俄延时间，
来到了门前面，
刚移动了一步远。
刚刚地打个照面，
就迷住了张解元。
似神仙归洞天，
空余下笼罩着杨柳的云烟。
只听见鸟雀喧。

呀！门掩着梨花盛开的深院，
粉墙儿高似青天。
可恨的老天！
你不与人行方便，
教我好难消遣，
真是无法不留连。

张君瑞(白)：

小姐呵！

张君瑞(唱):

怎不被你引得意马心猿。

法聪(白):

不要惹事,小姐走远了。

张君瑞(唱):

兰麝的余香犹在,

佩环的声音渐远。

东风轻拂着垂杨摇曳如线,

飘浮的游丝牵惹着桃花片,

珠帘内隐现出美如芙蓉的脸儿。

你说是崔相国家小姐,

我说是南海的观音现。

张君瑞(白):

“十年不见君王面,始信婵娟解误人。”我不去长安参加科举考试了。

(张君瑞看着法聪和尚)

张君瑞(白):

麻烦你对师父说一声,我想借半间僧房,早晚温习功课,这里比旅店安静。一定照例交纳房租,明天我就到这里来。

张君瑞(唱):

急切的思恋,

使人望眼欲穿，

恰如贪馋口，

空把口水咽，

教我把这透入骨髓的相思病染。

怎当得住，

她临去秋波那一转！

张君瑞(白)：

不要说是我，

张君瑞(唱)：

便是铁石人也意惹情牵。

走近庭院，

花柳争妍，

正午的阳光，

照得庭院塔影圆。

春光在眼前，

怎奈美人儿不见，

将一座梵王宫，

误疑成是遇仙的武陵源。

(张君瑞、法聪同下)

三、假　寓

“假寓”为原著第一本第二折。写张君瑞巧遇莺莺之后，彻夜未眠，次日又来到普救寺，求见法本长老，以温习经史为由，提出欲在寺内借住，希望能有接近莺莺的机会。张生正与长老谈话，红娘奉老夫人之命前来向长老询问为崔相国做道场的准备情况。张生听后便请求长老也给自己带一份斋，追荐亡父母。这一折戏，集中抒写了张生对莺莺思慕的情怀。[中吕·粉蝶儿]一曲，开头二句十三个字“不做周方，埋怨杀你个法聪和尚”生动地写出了张生一夜无眠，辗转反侧的心情。对法聪突如其来的埋怨，看似语无伦次，实则是张生通夜无眠，神思恍惚的表现，[耍孩儿]五曲，进一步写出了张生的相思之苦，笔法神妙。张生的机警灵便和对莺莺的一片志诚，在这折戏中也表现得栩栩如生。[尾声]一曲，具有连接上篇衬托后文的作用。

(夫人上白)前日长老将钱去与老相公做好事①，不见来回话。道与红娘，传著我的言语去问长老："几时好与老相公做好事?"就著他办下东西的当了，来回我话者。(下)(净扮洁上)老僧法本②，在这普救寺内做长老。此寺是则天皇后盖造的。老僧乃相国崔珏的令尊剃度的。此寺年深崩损，又是相国修造的。见今崔老夫人领著家眷扶柩回博陵去，路阻难行，夫人恶市廛冗杂，暂寓本寺西厢之下，待路通回博陵迁葬。老夫人处事温俭，治家有方，是是非非，人莫敢犯。夜来老僧赴斋③，不知曾有人来望老僧否。(唤聪问科)(聪云)夜来有一秀才自西洛而来，特谒我师，不遇而返。(洁云)山门外觑著，若再来时，报我知道。(末上)昨日见了那小姐，著小生一夜无眠。

---

① 将：取、拿。做好事：按照佛教礼仪纪念死者，称"做好事"，也称"做功德"。 ② 净：也叫"花脸"或"花面"，传统戏曲中的脚色行当，一般认为是从宋杂剧的"副净"发展而来。洁：元剧中称僧为法郎，又称"洁郎"。省称做"洁"。 ③ 夜来：昨天。

若非法聪和尚呵，那小姐到有顾盼小生之意。今日去问长老借一间僧房，早晚温习经史；倘遇那小姐出来，必当饱看一会。

【中吕·粉蝶儿】不做周方①，埋怨杀你个法聪和尚！借与我半间儿客舍僧房，与我那可憎才居止处门儿相向②。虽不能勾窃玉偷香③，且将这盼行云眼睛儿打当④。

【醉春风】往常时见傅粉的委实羞⑤，画眉的敢是谎⑥；今日多情人一见了有情娘，著小生心儿

① 周方：周旋，方便。 ② 可憎才："讨厌的人"，指莺莺。这里是一种反语，表示亲昵和极爱的感情。实为可爱的人。 ③ 窃玉：元散曲和杂剧内常常引用郑生兰房窃玉的话，故事内容待考（参见《雍熙乐府》卷八[南吕]《一枝花·子弟收心》套："郑生玉窃，韩寿香拈。"）。偷香，晋代贾充的女儿将司马炎送给贾充的西域奇香，私赠给她所爱的韩寿（见《晋书·贾充传》）。据《世说新语》刘孝标注：晋郭澄之《郭子》谓，陈骞女与韩寿通。韩寿后娶贾充女。传说有误。 ④ 行云：楚国宋玉在《高唐赋》里叙述楚怀王梦见一个女人说："妾在巫山之阳，高丘之阻，旦为朝云，暮为行雨，朝朝暮暮，阳台之下。"这里以行云比喻所倾慕的女子。打当（dàng 荡）：同"打迭"、"打点"，准备的意思。 ⑤ 傅粉：抹粉、擦粉。这里指傅粉的人，代指女子。委实：确实。 ⑥ 画眉：汉代人张敞与妻子感情极好，曾给他妻子画眉（见《汉书·张敞传》）。这里指画眉的人，代指女子。敢是：定是。

里早痒、痒。迤逗得肠荒①，断送得眼乱②，引惹得心忙。

（末见聪科）（聪云）师父正望先生来哩。只此少待，小僧报覆去。（洁出见末科）（末云）是好一个和尚呵！

【迎仙客】我则见他头似雪，鬓如霜，面如童，少年得内养；貌堂堂；声朗朗。头直上只少个圆光③，却便似捏塑来的僧伽像④。

（洁云）请先生方丈内相见。夜来老僧不在，有失迎迓，望先生恕罪！（末云）小生久闻老和尚清誉，欲来座下听讲，不期昨日不得相遇。今能一见，是小生三生有幸矣。（洁云）先生世家何郡？敢问上姓大名，因其至此？（末云）小生姓张，名珙，字君瑞——

【石榴花】大师一一问行藏⑤，小生仔细诉衷肠：自来西洛是吾乡，宦游在四方，寄居咸阳。先人拜礼部尚书多名望，五旬上因病身亡。（洁云）老相公弃世，必有所遗。（末唱）平生正直无偏

① 迤逗：（yǐ dòu 以豆）：引惹、逗引。肠荒：即心慌。② 断送：葬送，害人。眼乱：眼乱心迷。 ③ 圆光：指佛菩萨头顶上放出的光明的圆轮。 ④ 僧伽：佛教名词，普通称比丘、比丘尼、沙弥、沙弥尼为四僧伽。这里的“僧伽像”指法本的相貌。 ⑤ 行藏：《论语》：“用之则行，舍之则藏。”这里是经历、行踪的意思。

向，止留下四海一空囊。(洁云)老相公在官时浑俗和光①。

【斗鹌鹑】俺先人甚的是浑俗和光，衠一味风清月朗②。(洁云)先生此一行必上朝取应去。(末唱)小生无意求官，有心待听讲。小生特谒长老，奈路途奔驰，无以相馈。量著穷秀才人情则是纸半张，又没甚七青八黄③，尽著你说短论长，一任待掂斤播两④。

径禀：有白银一两，与常住公用⑤，略表寸心，望笑留是幸！(洁云)先生客中，何故如此？(末云)物鲜不足辞，但充讲下一茶耳。

【上小楼】小生特来见访，大师何须谦让。(洁云)老僧决不敢受。(末唱)这钱也难买柴薪，不勾斋粮，且备茶汤。(觑聪云)这一两银未为厚礼。你若有主张，对艳妆，将言词说上，我将你众和尚死生难忘。

(洁云)先生必有所请。(末云)小生不揣有恳：因恶旅邸冗杂，早晚难以温习经史；欲假一室，晨昏听讲。房金

① 浑俗和光：尘俗相混，不露锋芒。 ② 衠(zhūn 谆)：纯，真正。一味：一直的。 ③ 七青八黄：黄金。据说，黄金的成色是七青、八黄、九紫、十赤。这里指钱财。 ④ 掂斤播两：较量轻重。 ⑤ 常住：僧人称寺院为“常住”。

按月任意多少。(洁云)敝寺颇有数间，任先生拣选。

(末唱)

【幺篇】也不要香积厨，枯木堂①。远著南轩，离著东墙，靠著西厢。近主廊，过耳房，都皆停当。(洁云)便不呵，就与老僧同榻如何？(末笑云)要恁怎么？你是必休题著长老方丈。

(红上云)老夫人著俺问长老："几时好与老相公做好事？看得停当回话。"须索走一遭去来。(见洁科)长老万福！夫人使侍妾来问："几时好与老相公做好事？"著："看得停当了回话。"(末背云②)好个女子也呵！

【脱布衫】大人家举止端详，全没那半点儿轻狂。大师行深深拜了③，启朱唇语言的当。

【小梁州】可喜娘的庞儿浅淡妆，穿一套缟素衣裳；胡伶渌老不寻常④，偷睛望，眼挫里抹张郎⑤。

【幺篇】若共他多情小姐同鸳帐，怎舍得他叠被铺床。我将小姐央⑥，夫人央，他不令许放，

---

① 枯木堂：和尚修行打坐的房间。 ② 背云：戏里的角色在舞台上自己说心里的话，假设别人听不到。如同"旁白"的意思。 ③ 行(hàng 沆)：这边、那边。 ④ 胡伶：也作"鹘伶"，灵活，灵利。渌(lù 路)老：也作"睩老"，眼睛转动。 ⑤ 眼挫：眼角。抹：瞟。 ⑥ 央：恳求。

我亲自写与从良[1]。

(洁云)二月十五日,可与老相公做好事。(红云)妾与长老同去佛殿看了,却回夫人话。(洁云)先生请少坐,老僧同小娘子看一遭便来。(末云)何故却小生?便同行一遭,又且何如?(洁云)便同行!(末云)著小娘子先行,俺近后些。(洁云)一个有道理的秀才。(末云)小生有一句话说敢道么?(洁云)便道不妨。(末唱)

【快活三】崔家女艳妆,莫不是演撒你个老洁郎[2]?(洁云)俺出家人那有此事!(末)既不沙[3],却怎睃趁著你头上放毫光[4],打扮的特来晃[5]。

(洁云)先生是何言语!早是那小娘子不听得哩,若知呵,是甚意思!(红上佛殿科)(末唱)

【朝天子】过得主廊,引入洞房,好事从天降。我与你看著门儿,你进去。(洁怒云)先生,此非先生之法言,岂不得罪于圣人之门乎!老僧偌大年纪,焉肯作此等之态。(末唱)好模好样忒莽撞,没则罗便罢[6],

---

① 从良:古代解放奴婢为平民,叫"从良"。放出时奴婢的主人需要写"从良"契约,到官府备案,才能摆脱奴婢地位。② 演撒:挑逗、勾引。 ③ 既不沙:若不是这样。沙,助辞。④ 睃(suō 梭):观看。趁:语助词。 ⑤ 特来晃:特别漂亮。特来,特别。晃,漂亮。 ⑥ 没则罗便罢:没有此事便罢了。罗,语助词。

烦恼怎么耶唐三藏[1]？怪不得小生疑你，偌大一个宅堂，可怎生别没个儿郎，使梅香来说勾当[2]。(洁云)老夫人治家严肃，内外并无一个男子出入。(末背云)这秃厮巧说。你在我行，口强，硬抵著头皮撞。

(洁对红云)这斋供道场都完备了，十五日请夫人小姐拈香。(末问云)何故？(洁云)这是崔相国小姐至孝，为报父母之恩。又是老相公禫日[3]，就脱孝服，所以做好事。(末哭科云)"哀哀父母，生我劬劳；欲报深恩，昊天罔极[4]。"小姐是一女子，尚然有报父母之心；小生湖海飘零数年，自父母下世之后，并不曾有一陌纸钱相报[5]。望和尚慈悲为本，小生亦备钱五千，怎生带得一分儿斋，追荐俺父母咱[6]！便夫人知也不妨，以尽人子之心。(洁云)法聪与这先生带一分者。(末背问聪云)那小姐明日来么？(聪云)他父母的勾当，如何不来。(末背云)这五千钱使得

---

① 怎么耶：为什么。唐三藏：代指法本和尚。 ② 梅香：元时以此名称奴婢。 ③ 禫(dàn 淡)日：古代丧礼，父母死后二十七个月叫"禫"，子女在这一天进行祭祀，脱去孝服。 ④"哀哀父母"四句：见《诗经·蓼莪》。"欲报深恩"，《诗经》作"欲报之德"。劬(qú 渠)劳，劳苦。昊(hào 浩)天，极高的天。罔极，没有边。 ⑤ 一陌(mò 末)：钱数以一百为"一陌"。 ⑥ 追荐：追祭。咱：语助辞，相当于"哪"。

有些下落者。

【四边静】人间天上，看莺莺强如做道场。软玉温香，休道是相亲傍，若能勾汤他一汤①，到与人消灾障。

(洁云)都到方丈吃茶。(做到科)(末云)小生更衣咱②。(末出科云)那小娘子已定出来也，我则在这里等待问他咱。(红辞洁云)我不吃茶了，恐夫人怪来迟，去回话也。(红出科)(末迎红娘祗揖科)小娘子拜揖！(红云)先生万福！(末云)小娘子莫非莺莺小姐的侍妾么？(红云)我便是。何劳先生动问？(末云)小生姓张，名珙，字君瑞，本贯西洛人也，年方二十三岁，正月十七日子时建生，并不曾娶妻……(红云)谁问你来？(末云)敢问小姐常出来么？(红怒云)先生是读书君子，孟子曰："男女授受不亲，礼也③。"君子"瓜田不纳履，李下不整冠④"，道不得个"非礼勿视，非礼勿听，非礼勿言，非礼勿动⑤"。俺夫人治家严肃，有冰霜之操。内无应门五尺之童⑥，年至十二三者，非呼召不敢辄入中堂。向日莺莺潜出闺房，夫人窥之，召立莺莺于庭下，责之曰："汝为女子，不告而出闺

① 汤：接触。 ② 更衣：托词，去厕所。 ③"男女授受不亲"二句：见《孟子·离娄上》篇。 ④"瓜田不纳履"二句：见《乐府诗集·相和歌辞》中《古君子行》。 ⑤"非礼勿视"四句：见《论语·颜渊》篇。 ⑥ 应门：照管门户。

门，倘遇游客小僧私视，岂不自耻。”莺立谢而言曰：“今当改过从新，毋敢再犯。”是他亲女，尚然如此，何况以下侍妾乎！先生习先王之道，尊周公之礼，不干己事，何故用心？早是妾身，可以容恕，若夫人知其事呵，决无干休。今后得问的问，不得问的休胡说！（下）（末云）这相思索是害也①！

【哨遍】听说罢心怀悒怏，把一天愁都撮在眉尖上。说“夫人节操凛冰霜，不召呼，谁敢辄入中堂”！自思想，比及你心儿里畏惧老母亲威严②，小姐呵，你不合临去也回头儿望。待飏下教人怎飏③？赤紧的情粘了肺腑④，意惹了肝肠。若今生难得有情人，是前世烧了断头香⑤。我得时节手掌儿里奇擎⑥，心坎儿里温存，眼皮儿上供养。

【耍孩儿】当初那巫山远隔如天样，听说罢又在巫山那厢。业身躯虽是立在回廊⑦，魂灵儿已在他行。本待要安排心事传幽客，我则怕漏泄

① 索：必定、必须、只得。害：害病。 ② 比及：与其、假如、若是。 ③ 飏（yáng 羊）下：丢下，抛下。 ④ 赤紧的：平白地、简直是。 ⑤ 断头香：民间说法，用折断了的香供佛，来生就会遭到分离的报应。 ⑥ 奇擎：擎着，托着。奇，是词头，没有意义。 ⑦ 业身躯：咒骂自己的话。业，业障。

春光与乃堂①。夫人怕女孩儿春心荡，怪黄莺儿作对，怨粉蝶儿成双。

【五煞】小姐年纪小，性气刚。张郎倘得相亲傍，乍相逢厌见何郎粉，看邂逅偷将韩寿香。才到是未得风流况，成就了会温存的娇婿，怕甚么能拘束的亲娘。

【四煞】夫人忒虑过②，小生空妄想，郎才女貌合相仿③。休直待眉儿浅淡思张敞，春色飘零忆阮郎④。非是咱自夸奖：他有德言工貌⑤，小生有恭俭温良⑥。

【三煞】想著他眉儿浅浅描，脸儿淡淡妆，粉香腻玉搓咽项。翠裙鸳绣金莲小，红袖鸾绡玉笋长⑦。不想呵其实强⑧：你撇下半天风韵，我拾得万种思量。

却忘了辞长老。(见洁科)小生敢问长老，房舍如何？

---

① 乃堂：她的母亲，指老夫人。 ② 忒(tuī推)虑过：考虑过甚。忒，大。虑过，多心。 ③ 合：正、恰巧。相仿：相当。④ 阮郎：即指阮肇。见P16注释③。 ⑤ 德言工貌：封建时代要求妇女的“四行”。即妇德、妇言、妇容、妇工(见《礼记·昏义》)。 ⑥ 恭俭温良：《论语·学而》称孔夫子的优点有温(和蔼)、良(善良)、恭(礼貌)、俭(节俭)、让(谦逊)五方面。 ⑦ 玉笋：形容美人儿的手指。 ⑧ 强(qiǎng)：强辩。

(洁云)塔院侧边西厢一间房，甚是潇洒，正可先生安下。见收拾下了[1]，随先生早晚来。(末云)小生便回店中搬去。(洁云)吃了斋去！(末云)长老收拾下斋，小生取行李便来。(洁云)既然如此，老僧准备下斋，先生是必便来。(下)(末云)若在店中人闹，到好消遣；搬在寺中静处，怎么捱这凄凉也呵。

【二煞】院宇深，枕簟凉，一灯孤影摇书幌。纵然酬得今生志，著甚支吾此夜长。睡不着如翻掌，少可有一万声长吁短叹[2]，五千遍倒枕槌床。

【尾】娇羞花解语，温柔玉有香，我和他乍相逢记不真娇模样，我则索手抵著牙儿慢慢的想[3]。(下)

【翻译】

(老夫人上)

老夫人(白)：

前日长老拿钱与老相国做道场，不见有回信儿。告诉红娘去询问长老，什么日子为老相国做道场。就叫他把东西准备好，来回我的话。

---

① 见(xiàn 宪)：同“现”。 ② 少可：即“少”的意思。可，助词。 ③ 则索：只得。

（老夫人下，法本上）

法本（白）：

我叫法本，在这普救寺里做长老。这普救寺是武则天皇后建造的，我是相国崔珏的父亲剃度的，这个寺年久倒塌损坏，又是崔相国修造的。现今崔老夫人领着家眷护送灵柩回博陵，因中途遇阻，夫人不喜市区嘈杂喧闹，暂时住在寺内的西厢，等待路途通行再回博陵迁葬。老夫人处事温和俭朴，治家有方，是非分明，没人敢触犯她。

（法本向内问法聪）

法本（白）：

昨天我出外去做佛事，不知是否有人来看望我。

法聪（内白）：

昨天有一个秀才从西洛来，特意来拜访您，没有见到你，又回去了。

法本（白）：

在庙门外看着，若再来时告诉我。

（张君瑞上）

张君瑞（白）：

昨天看见那小姐，使我一夜未眠，若不是法聪呵，那小姐倒有顾盼我的意思。今天去向长老借一间僧房，早晚温习功课，倘或遇见那小姐出来，一定要好好看看她。

张君瑞(唱):

不为我帮忙,

埋怨死你法聪和尚!

借给我半间僧房,

与我那可爱的人门儿相向,

虽不能窃玉偷香,

总还可以偷眼望望。

往常时见傅粉的委实羞,

画眉的定是谎;

今天多情的我,

一见了有情的姑娘,

叫我心儿里早痒痒。

招惹得心肠慌,

逗惹得眼花乱,

引诱得心着忙。

(法聪上,与张君瑞相见)

法聪(白):

我师父正等您哪。请您稍等,我去报告师父。

(法本上,见张君瑞)

张君瑞(白):

真是一个好和尚呵!

张君瑞(唱):

我只见他头似雪,

鬓如霜,

面如童,

保养有方,

貌堂堂,

声朗朗,

头顶上只少一个圆光,

正像捏塑出来的佛像。

法本(白):

请先生方丈里坐。昨天我不在,有失迎接,望您恕罪!

张君瑞(白):

我久闻老师父的声名,想来您座下听您讲经,不想昨天未能相遇。今天见到您,真是三生有幸。

法本(白):

先生老家在什么地方?请问尊姓大名,为什么到这里来?

张君瑞(白):

我姓张,名珙,字君瑞。

张君瑞(唱):

大师一一问行藏,

听我仔细诉衷肠，

来自西洛是我乡，

为求功名游四方，

寄居在咸阳。

父亲曾做礼部尚书多名望，

五十岁时因病亡。

法本(白)：

老人家弃世，必有所遗。

张君瑞(唱)：

平生正直品德端，

身后只有一空囊。

法本(白)：

老人家在任时一定不露锋芒，与人相处得很好。

张君瑞(唱)：

俺父亲哪里是不露锋芒，

一味的风清月朗。

法本(白)：

先生这一行必是去京城参加科举考试。

张君瑞(唱)：

我无意求官，

一心只想听您把经讲。

张君瑞(白)：

我特来拜谒长老，因路途奔波，无奈没有什么可以馈送的礼物。

张君瑞(唱)：

估量着穷秀才，

做人情也只诗文半张。

又没有钱财，

尽管您说短论长，

任随您计斤较两。

张君瑞(白)：

禀告您，这里有白银一两，交与寺院公用，略表寸心，望您收下。

法本(白)：

先生客中何故如此？

张君瑞(白)：

钱太少了，只能买杯茶喝。

张君瑞(唱)：

小生特来拜访，

师父何必谦让。

法本(白)：

我决不敢接受。

张君瑞(唱)：

这钱也难买薪柴，

不够买斋粮，

只能备些茶汤。

（张君瑞看着法聪）

张君瑞（白）：

这一两银子，不算什么厚礼。

张君瑞（唱）：

您若有主张，

对莺莺把好话央，

我对您终生难忘。

法本（白）：

先生必有所请。

张君瑞（白）：

我不揣冒昧，有一事恳请。因旅店嘈杂喧闹，难以温习功课，我想向您借一间房，早晚听您讲说佛法。房金按月交纳，不论多少。

法本（白）：

这有何难？我们寺里房屋甚多，任您挑选。

张君瑞（唱）：

也不要寺庙的厨房，

念经打坐的厅堂，

远离南面的平台，

离着东墙，

靠着西厢。

近回廊，

过耳房，

皆便当。

法本(白)：

若不然，就和我住在一起。

张君瑞(笑，白)：

怎好这样做。

张君瑞(唱)：

您休提长老的方丈。

(红娘上)

红娘(白)：

老夫人叫我去问长老，几时能与老相国做道场，打听清楚了，好回夫人。需要我去走一趟。

(红娘见法聪)

红娘(白)：

长老您好！老夫人让我来问您，什么时候可以给老相国做道场？教打听清楚了给她回信。

张君瑞(旁白)：

好一个女孩子！

张君瑞(唱)：

大户家教养，

举止多端详，
全没那半点轻狂。
大师面前深深拜了，
启朱唇语言得当。
可爱的姑娘浅淡妆，
穿一套素白衣裳，
伶俐的眼睛不寻常，
偷睛望，
眼角里瞟着张郎。

若与她多情小姐同鸳帐，
怎舍得她叠被铺床。
我将小姐央，
夫人央，
她不允许放，
我亲自写与从良。

法本（白）：

二月十五日，可以为老相国做道场。

红娘（白）：

我与长老同去佛殿看看，再回夫人话。

法本（白）：

先生少坐，我同红娘去看一趟就来。

张君瑞(白):

为什么要避开我呢？一同走一趟如何？

法本(白):

那好,就一块去吧。

张君瑞(白):

让红娘先走,我离远些。

法本(白):

一个懂道理的秀才。

张君瑞(白):

我有一句话可以说么?

法本(白):

说吧,没有关系。

张君瑞(唱):

崔家女艳妆,

莫不是勾搭上你个老和尚?

法本(白):

俺是出家人,哪有此事?

张君瑞(白):

既不是这样。

张君瑞(唱):

却怎么见你头上放毫光。

打扮得特漂亮。

法本(白):

先生这是怎么说！幸亏红娘没听见,若知道呵,是什么意思?

(红娘上佛殿)

张君瑞(唱):

过得回廊,

进入洞房,

好事从天降。

张君瑞(白):

我与您看着门儿,您进去。

法本(怒白):

先生,这不合礼法的言语,岂不得罪了圣人?我这么大年纪,怎么能做这样的事?

张君瑞(唱):

好模好样为何变莽撞,

没有这样的事就作罢,

为什么烦恼老和尚?

张君瑞(白):

怪不得我怀疑你。

张君瑞(唱):

偌大一个宅堂,

可怎么没个儿郎?

使得丫环来说勾当。

法本(白):

老夫人治家严肃,内外没有一个男子出入。

张君瑞(旁白):

这和尚巧说。

张君瑞(唱):

你在我面前口强,

硬抵着头皮撞。

法本(对红娘白):

这斋供道场,都准备好了,十五日请夫人小姐烧香。

张君瑞(白):

为什么?

法本(白):

这是崔相国小姐孝顺,为报父母之恩。又是为老相国守孝的最后一天,就要脱去孝服,所以做道场。

张君瑞(哭,白):

“哀哀父母,生我劬劳;欲报深恩,昊天罔极。”莺莺小姐是一个女孩子,尚有报答父母之心,我数年来,湖海漂流,自父母去世以后,并不曾有一陌纸钱相报。望师父以慈悲为本,我亦准备五千钱,请设法替我带上一份斋供,追荐我的父母。即使夫人知道也没有关系,这是尽人子之心呵!

法本(白):

法聪,与这先生带一份吧!

张君瑞(背问法聪):

那小姐明日来么?

法聪(白):

她父母的事情,如何不来。

张君瑞(旁白):

这五千钱没有白花!

张君瑞(唱):

人间天上,

看莺莺胜过做道场。

软玉温香的人儿,

若能挨她一挨,

也能与人消灾障。

法本(白):

都到方丈吃茶吧!

(法本等来到长老师父的住处)

张君瑞(白):

向您告个方便,我要更衣。

(张君瑞从长老住处出来)

张君瑞(白):

红娘一会出来,我只在这里等她。

（红娘辞别法本）

红娘（白）：

我不吃茶了，恐怕夫人怪我办事迟缓，马上给夫人回话去。

（红娘走出长老住处，张君瑞迎红娘作揖）

张君瑞（白）：

红娘，我这里给你行礼！

红娘（白）：

先生，我这里还礼了！

张君瑞（白）：

红娘，您是莺莺小姐的使女吧！

红娘（白）：

我就是，不劳先生动问。

张君瑞（白）：

我姓张，名珙，字君瑞，原籍西洛人，今年二十三岁，正月十七日子时生，尚未娶妻……

红娘（意外地，白）：

谁问你来？

张君瑞（白）：

请问莺莺小姐常出来么？

红娘（怒，白）：

您是读书的人，孟子说："男女授受不亲，礼也。"君子"瓜田不纳履,李下不整冠"。常言道:"非礼勿视,非礼勿听,非礼勿言,非礼勿动。"我家夫人治家严肃,有冰霜之操。内无照应门户的年轻仆人,年纪到了十二三岁的,没有呼唤,不敢随便进入厅堂。前些时候,莺莺小姐悄悄走出闺房,夫人看见,召唤莺莺站于庭下,责备她说:"你是女孩儿,随便走出闺门,倘或遇到游客、小僧偷看,岂不自找耻辱。"莺莺小姐马上知错地说:"今后一定改正,不敢再犯。"小姐是夫人的亲生女孩,尚且如此,何况以下的侍女丫环?您习先王之道,尊周公之礼,不干己事,何故用心?幸好是遇到我,可以容恕,若是夫人知道这事,决不会干休。今后,该问的问,不该问的,不要胡说。

(红娘下)

张君瑞(白):

这相思是害定了呵!

张君瑞(唱):

听说罢郁郁不畅!

把一天愁都撮在眉尖上。

说"夫人节操凛冰霜,不召呼谁敢进中堂"!

自思想,

假如你心儿里畏惧老母亲威严。

张君瑞(白):

小姐呵。

张君瑞(唱)：

你不该临去也回头儿望。

要抛飏，

教人怎抛飏？

真正是情沾了肺腑，

意惹了肝肠。

若今生难得到有情人，

是前世烧了断头香。

我若得到她呵，

定要手心儿里托擎，

心坎儿里温存，

眼皮儿上供养。

当初那巫山神女远隔如天样，

听说罢更在巫山那厢。

罪孽身虽是立在回廊上，

魂灵儿早已飞在她身旁。

本要想将心事对她讲，

又怕泄漏给你老萱堂。

夫人怕女孩儿春心漾，

怪黄莺儿作对，

怨粉蝶儿成双。

小姐年纪小，
性情刚。
张郎倘得相依傍，
乍相逢，
也许厌见我张郎，
再相遇，
必定难相忘。
才得到风流况，
成就了会温存的娇婿，
怕甚么能拘束的亲娘。

夫人太过虑，
张生空妄想，
郎才女貌当相仿。
莫待青春已过思张敞，
春色飘零忆阮郎。
非是咱自夸奖：
她有德言工貌，
我有恭俭温良。

想着她眉儿浅浅描，
脸儿淡淡妆，
粉香腻玉搓颈项。
翠绿裙上绣鸳鸯，
秀美的脚儿小；
红衣袖上飞鸾凤，
纤纤手指长。
要不想呵，是逞强，
你撇下半天风韵，
我拾得万种思量。

张君瑞（白）：

忘记与长老师父告辞。

（张君瑞见法本）

张君瑞（白）：

请问师父，所借房舍如何？

法本（白）：

塔院旁有西厢一间，甚是潇洒，你正好居住。现已收拾好，随你早晚来。

张君瑞（白）：

我就回店中去搬行装。

法本（白）：

吃了饭再去吧！

张君瑞(白):

师父准备着饭,我取了行李便来。

法本(白):

既然如此,我去准备饭,你一定要来。

(法本下)

张君瑞(白):

若在店里,人声喧闹,倒好消遣;搬到安静的寺院中,怎么忍受这凄凉呵!

张君瑞(唱):

寺院深,
枕席凉,
一灯孤影摇映在窗帘上,
纵然酬得今生志,
又如何挨过今夜长。
睡不着如翻掌,
少说也有一万声长吁短叹,
五千遍捣枕捶床。

娇羞花解语,
温柔玉有香,
我和她乍相逢记不真娇模样,
只得手托着腮儿慢慢地想。

(张君瑞下)

四、联　吟

“联吟”为原著第一本第三折，略有删节。张君瑞搬入普救寺，靠近西厢住下。他了解到莺莺每天夜晚都到花园里烧香，便先在太湖石畔的墙角等待莺莺。果真莺莺出来烧夜香。这是张君瑞第二次见到莺莺，不仅为莺莺的美貌所打动，而且了解到莺莺的“伤心事”。便在墙角吟诗，试探，莺莺听到张生的诗受到感动，便也依韵和了一首，诗歌沟通了两人的情意。张君瑞在惊赞之余，正准备撞出去接近莺莺时，红娘将莺莺拉走，莺莺回首顾看，这些都引起了张生的无限思量。“墙角联吟”使这一对青年男女的爱情之海中，泛起了更大的浪花。［络丝娘］

以后六曲，写张君瑞的相思，[幺篇]曲文情调迷惘、悲凉，既抒发了张生的痛苦心境，又带有美好的幻想。[尾声]一曲写张生决心去争取与莺莺的美满爱情，表现了张君瑞在思想上的起伏变化。

（末上云）①搬至寺中，正近西厢居址。我问和尚每来②，小姐每夜花园内烧香。这个花园和俺寺中合著。比及小姐出来，我先在太湖石畔墙角儿边等待，饱看一会。两廊僧众都睡著了。夜深人静，月朗风清，是好天气也呵！正是：闲寻方丈高僧语，闷对西厢皓月吟。

（旦引红娘上云）③开了角门儿，将香桌儿出来者。（末唱）

【金蕉叶】猛听得角门儿呀的一声，风过处花香细生。踮著脚尖儿仔细定睛④，比我那初见时庞儿越整。

（旦云）红娘，移香桌儿近太湖石畔放者！（末做看科云）

① 此前删一段开场文字。 ② 每（mén 门）：同“们”。
③ 此前删[越调·斗鹌鹑]、[紫花儿序]二曲。 ④ 踮（diǎn 典）：抬起脚后跟，用脚尖站着。

料想春娇厌拘束，等闲飞出广寒宫①。看他容分一捻，体露半襟，亸香袖以无言②，垂罗裙而不语。似湘陵妃子③，斜倚舜庙朱扉；如玉殿嫦娥④，微现蟾宫素影。是好女子也呵！

【调笑令】我这里甫能⑤，见娉婷⑥，比著那月殿嫦娥也不恁般撑⑦。遮遮掩掩穿芳径，料应来小脚儿难行。可喜娘的脸儿百媚生，兀的不引了人魂灵⑧！

(旦云)取香来！(末云)听小姐祝告甚么？(旦云)此一炷香，愿化去先人，早生天界。此一炷香，愿堂中老母，身安无事。此一炷香，……(做不语科)(红云)姐姐不祝这一炷香，我替姐姐祝告：愿俺姐姐早寻一个姐夫，拖带红娘咱！(旦再拜云)心中无限伤心事，尽在深深两拜中。(长吁科)(末云)小姐倚栏长叹，似有动情之意。

---

① 广寒宫：神话传说里称月亮为广寒宫。本折中的"月殿"、"玉殿"、"蟾宫"、"皓魂"也都指月亮。 ② 一捻：形容秀丽、娇小的样子。亸(duǒ 朵)：垂着。 ③ 湘陵妃子：指历史传说中舜的两个妃子娥皇和女英。 ④ 嫦娥：古代神话传说中羿的妻子，羿从西王母处得到不死之药，嫦娥偷吃后便飞到月宫里去(故事见《淮南子·览冥训》与高诱注)。 ⑤ 甫能：刚刚，方才。⑥ 娉婷(pīng tíng 乒停)：形容妇女姿态美丽。 ⑦ 恁般：这样。撑："撑达"的省词，"漂亮"的意思。 ⑧ 兀的："这"的意思。

【小桃红】夜深香霭散空庭，帘幕东风静。拜罢也斜将曲栏凭，长吁了两三声。剔团圞明月如悬镜①。又不是轻云薄雾，都则是香烟人气，两般儿氤氲得不分明。

我虽不及司马相如②，我则看小姐颇有文君之意。我且高吟一绝，看他说甚的：月色溶溶夜，花阴寂寂春；如何临皓魄，不见月中人？（旦云）有人墙角吟诗。（红云）这声音便是那二十三岁不曾娶妻的那傻角。（旦云）好清新之诗，我依韵做一首。（红云）你两个是好做一首。（旦念诗云）兰闺久寂寞，无事度芳春；料得行吟者，应怜长叹人。（末云）好应酬得快也呵！

【秃厮儿】早是那脸儿上扑堆著可憎③，那堪那心儿里埋没著聪明。他把那新诗和得忒应声，一字字，诉衷情，堪听。

【圣药王】那语句清，音律轻，小名儿不枉了唤做莺莺。他若是共小生、厮觑定④，隔墙儿酬和

---

① 剔：非常。团圞（luán 峦）：形容月圆。 ② 司马相如：西汉辞赋家，成都人。在卓王孙家做客时，曾弹琴挑逗卓王孙新寡的女儿卓文君，二人相恋，文君弃家出走，与司马相如结为夫妇。 ③ 扑堆：即“铺推”，透露的意思。可憎：可爱。④ 厮觑定：互相看着。厮，相互、彼此。

到天明。方信道“惺惺的自古惜惺惺①”。

我撞出去,看他说什么。

【麻郎儿】我拽起罗衫欲行。(旦做见科)他陪著笑脸儿相迎。不做美的红娘忒浅情,便做道:“谨依来命。”……

(红云)姐姐!有人,咱家去来,怕夫人嗔着。(莺回顾下)(末唱)

【幺篇】我忽听、一声、猛惊。元来是扑剌剌宿鸟飞腾,颤巍巍花梢弄影,乱纷纷落红满径。小姐,你去了呵,那里发付小生②!

【络丝娘】空撇下碧澄澄苍苔露冷,明皎皎花筛月影。白日凄凉枉耽病③,今夜把相思再整④。

【东原乐】帘垂下,户已扃⑤,却绳个悄悄相问,他那里低低应。月朗风清恰二更,厮傒幸⑥:他无缘,小生薄命。

【绵搭絮】恰寻归路,伫立空庭,竹梢风摆,斗柄云横。呀!今夜凄凉有四星⑦,他不偢人待怎

---

① 惺惺(xīng xīng 星星):聪明,聪明的人。惜:爱怜。② 发付:发落,打发。 ③ 耽(dān 单)病:生病。 ④ 整:准备。⑤ 扃(jiōng 坰):关门。 ⑥ 傒幸(xī xìng 夕幸):苦恼、烦闷。⑦ 四星:古人把二分半算做一星,“四星”即十分的意思。

生①！虽然是眼角儿传情，咱两个口不言心自省。今夜甚睡到得我眼里呵！

【拙鲁速】对著盏碧荧荧短檠灯，倚著扇冷清清旧帏屏。灯儿又不明，梦儿又不成；窗儿外淅零零的风儿透疏棂，忒楞楞的纸条儿鸣；枕头儿上孤另，被窝儿里寂静。你便是铁石人，铁石人也动情。

【幺篇】怨不能，恨不成，坐不安，睡不宁。有一日柳遮花映，雾障云屏，夜阑人静，海誓山盟。恁时节风流嘉庆，锦片也似前程②，美满恩情，咱两个画堂春自生。

【尾】一天好事从今定，一首诗分明照证；再不向青琐闼梦儿中寻③，则去那碧桃花树儿下等④。（下）

【翻译】

（张君瑞上）

---

① 不倸人(chǒu 丑)：不搭理人。倸，同"瞅"，看。 ② 前程：元杂剧中多指婚姻。 ③ 青琐：本为汉代宫门的名字。因而又代指朝廷。后来大官宦家的内室也称"青琐"。 ④ 碧桃花下：元剧多用以比喻男女约会之处。似来源于刘晨、阮肇误入桃源的故事。

张君瑞(白):

搬至寺中,住在靠近西厢所在的地方。从和尚那里知道,莺莺小姐每夜在花园内烧香。这花园和我住的地方通着,等到小姐出来,我先在太湖石旁墙角边等待,好好看她一会儿。两廊的僧人们都已睡着了。夜深人静,月朗风清,多好的天气啊!正是:闲寻方丈高僧语,闷对西厢皓月吟。

(莺莺、红娘上)

莺莺(白):

开了角门儿,把香桌拿出来呵。

张君瑞(唱):

猛听得角门儿"呀"的一声,

风过处传来罗衣的微微芳馨。

踮着脚尖儿仔细定睛,

比那日初见时脸儿越齐整。

莺莺(白):

红娘,把香桌儿搬到假山旁边放着!

(张君瑞向莺莺的方向张望)

张君瑞(白):

料想莺莺也讨厌拘束,想像嫦娥那样自由地飞出月宫。我只看见她的一部分身影,垂香袖,无言语,像湘陵妃子斜依着舜帝庙宇的红门,像月宫中的嫦娥隐约地从月宫现出素影。真是一个好女子呵！

张君瑞(唱)：

我这里见着的莺莺，

月里的嫦娥也比不上她娉婷。

遮遮掩掩穿过花间小径，

一定是脚小难行。

可爱的人儿脸上百媚生，

怎么不勾去人的魂灵。

莺莺(白)：

取香来！

张君瑞(白)：

听她祝愿些什么。

莺莺(白)：

这炷香，愿亡故的父亲早升天堂！这一炷香，愿老母康宁长寿，这一炷香……

(莺莺迟迟不语)

红娘(白)：

小姐不祝这一炷香，我替你祝告：愿小姐早寻一个姐夫，把红娘也带去！

莺莺(再拜，白)：

心中无限伤心事，尽在深深两拜中。

(莺莺叹气)

张君瑞(白):

小姐倚栏长叹,似有动情的意思。

张君瑞(唱):

夜深香雾弥漫着空庭,
东风静寂帘幕多宁静,
拜罢又斜身将曲栏凭,
长叹了两三声。
圆圆的明月如悬镜。
又不是薄云淡雾,
都只是香烟人气,
两般儿氤氲得不分明。

张君瑞(白):

我虽不及司马相如,莺莺小姐倒颇似卓文君。我且高声吟诵一诗,看她怎样反应:“月色溶溶夜,花阴寂寂春,如何临皓魄,不见月中人?”

莺莺(白):

有人在墙角吟诗。

红娘(白):

听这声音好像就是那二十三岁不曾娶妻的傻秀才。

莺莺(白):

好清新的诗,我依照他的韵脚也做一首。

红娘(白):

你两个是应该好好地做一首诗。

莺莺(念诗):

“兰闺久寂寞,无事度芳春,料得行吟者,应怜长叹人。”

张君瑞(白):

这诗和得好快呵!

张君瑞(唱):

脸儿上充满着可爱的神情,
心儿里藏着多少聪明!
她那新诗和得忒应声,
一字字,
诉衷情,
甚好听。

那语句清,
音律轻,
小名儿真不枉唤做莺莺。
小姐若与我互诉衷情,
隔墙儿唱和到天明。
方信道“惺惺自古惜惺惺”。

张君瑞(白):

我撞出去,看她说什么。

张君瑞（唱）：

我提起罗衫欲行。

（莺莺看见张君瑞）

他陪着笑脸儿相迎，

不做美的红娘太无情，

真称得起谨遵夫人严命，

紧紧跟随莺莺。

红娘（白）：

小姐，有人，我们走吧！怕夫人生气。

（莺莺回顾下）

张君瑞（唱）：

我忽听一声猛惊，

原来是扑刺刺宿鸟飞腾，

颤巍巍花梢弄影，

乱纷纷落花满径。

张君瑞（白）：

小姐，你走啦，怎么发落我呵！

张君瑞（唱）：

空撇下碧澄澄苍苔露冷，

花枝空隙中闪露着明亮的月影。

白日凄凉枉自害相思病，

今夜相思又害定。

帘垂下，
门关定，
刚才悄悄相问，
他那里低低应。
月朗风清恰二更，
苦闷伤情，
他无缘，
小生薄命。

恰寻归路，
久立空庭，
风摆竹梢，
云遮北斗星。
呀！
今夜凄凉十分孤零，
他不睬人意难平！
虽然是眼角儿传情，
咱两个口不言心自明。

张君瑞（白）：

今夜怎么能睡得着呵！

张君瑞（唱）：

对着盏碧荧荧的短脚灯，

倚着扇冷清清的旧帏屏。
灯儿又不明，
梦儿又不成。
淅零零的风儿透窗棂，
窗上纸条儿忒楞地鸣。
枕头儿上孤零，
被窝里寂静。
你便是铁石人，
铁石人也动情。

怨不能，
恨不成，
坐不安，
睡不宁。
有一日柳遮花映，
雾障云屏，
夜深人静，
你我双双，
海誓山盟。
那时节相聚共欢庆，
锦绣前程，
美满恩情，

咱两个幸福生活，
满室春气生。

一天好事从今定，
一首诗明白作证。
再不进京城，
把那梦寐以求的功名寻，
只去那碧桃花树下，
把心爱的人儿等。

五、解　围

“解围”为原著第二本第一折及第二折的部分文字。这场戏在全剧矛盾冲突的发展中具有关键性的作用。莺莺在这场戏的开始，倾吐了自己内心浓重的愁思，她强烈地思念着隔墙吟诗的张生，对自己“被拘束的紧”的处境开始不满。这是《西厢记》女主人公第一次正面揭示自己的内心世界，倾吐了她的追求，表现了她的不满。是她反抗性格的开始。在此以前，他们不大可能进一步发展爱情，因为老夫人“治家严肃”，莺莺又早已许配郑恒为妻。当孙飞虎兵围普救寺要抢走莺莺时，崔夫人在无路可走的情况下，被迫宣布：有能解围者，愿将莺莺许他为妻的诺言，因而老夫人亲自撕毁了莺莺与郑恒的婚约。这样，白马将军解围之后，就公开肯定了张生与莺莺爱情的正义性，也是获得红娘的同情与支持促成他们二人结合的基础。作品在尖锐冲突中展现了男、女主人公的性格。莺莺面临强暴的威胁，坚强不屈；张生勇敢机智、沉着应变。张生为了能与莺莺结合，也为了保护全寺的生命财产，提出退兵之策，解除了危难。这就为老夫人悔婚的“请宴”一场，做了铺垫。

(孙飞虎上开)自家姓孙，名彪，字飞虎。方今唐德宗即位，天下扰攘。因主将丁文雅失政，俺分统五千人马，镇守河桥，劫掳良民财物。近知先相国崔珏之女莺莺，眉黛青颦，莲脸生春，有倾国倾城之容，西子①、太真之颜②，见在河中府普救寺借居。我心中想来：当今用武之际，主将尚然不正，我独廉何为？大小三军，听吾号令：

① 西子：即西施，春秋时越国人，有名的美女，越王勾践将她献给吴王夫差，成为夫差最宠爱的妃子。 ② 太真：即杨贵妃，号太真，唐玄宗的宠妃。

人尽衔枚①，马皆勒口，连夜进兵河中府！掳莺莺为妻，是我平生愿足。(下)(法本慌上)谁想孙飞虎将半万贼兵围住寺门，鸣锣击鼓，呐喊摇旗，欲掳莺莺小姐为妻。我今不敢违误，即索报知夫人走一遭。(下)(夫人慌上云)如此却怎了！俺同到小姐卧房里商量去来。(下)(旦引红上云)自见了张生，神魂荡漾，情思不快，茶饭少进。早是离人伤感，况值暮春天道，好烦恼人也呵！好句有情怜夜月，落花无语怨东风。

【仙吕·八声甘州】恹恹瘦损②，早是伤神，那值残春。罗衣宽褪③，能消几个黄昏？风袅篆烟不卷帘④，雨打梨花深闭门；无语凭栏干，目断行云⑤。

【混江龙】落红成阵⑥，风飘万点正愁人⑦。池塘梦晓，兰槛辞春；蝶粉轻沾飞絮雪，燕泥香惹落花尘；系春心情短柳丝长，隔花阴人远天涯

① 衔枚：古代行军时，为避免说话，把一种类似筷子的东西，横放在嘴里，用绳子拴着两头系在脖子后边。 ② 恹恹(yān 烟烟)：精神不振的样子。 ③ 宽褪(tùn 屯去声)：宽松的意思。 ④ 篆烟：香烟盘绕曲折，似篆文一样。 ⑤ 目断：望断。 ⑥ 落红：即落花。"落红成阵"为秦观《水龙吟》里的词句。 ⑦ 风飘万点正愁人：杜甫《曲江》里的诗句。

近①。香消了六朝金粉②，清减了三楚精神③。

(红云)姐姐情思不快，我将这被儿薰得香香的，姐姐睡些儿。(旦唱)

【油葫芦】翠被生寒压绣裀，休将兰麝薰；便那那兰麝薰尽，则索自温存，昨宵个锦囊佳制明勾引④，今日个玉堂人物难亲近⑤。这些时睡又不安，坐又不宁，我欲待登临又不快，闲行又闷。每日价情思睡昏昏⑥。

【天下乐】红娘呵，我则索搭伏定鲛绡枕头儿上盹⑦，但出闺门，影儿般不离身。(红云)不干红娘事，老夫人著我跟著姐姐来。(旦云)俺娘也没好意思！这些时直恁般提防著人；小梅香伏侍的勤，老

---

① 人远天涯近：朱淑真《生查子》里的词句。 ② 金粉：妇女妆饰用的铅粉。 ③ 三楚精神：指人的精神。“三楚”与上句的“六朝”对举，都是修饰词。 ④ 锦囊佳制：指莺莺与张君瑞隔墙和诗。相传唐代诗人李贺，常常骑着马，带着小童背一个锦囊，出去游玩，他想出诗句，就记下来，放在锦囊里(见《唐诗纪事》)。 ⑤ 玉堂：汉代待诏于玉堂署，唐宋以后称翰林院为“玉堂”。故元剧中多称文士为“玉堂人物”。 ⑥ 每日价：(jie 介轻声)：每天。价，语助词。 ⑦ 鲛绡(jiāo xiāo 交肖)：《述异记》称南海有一种织品，非常细密，水都透不过去，称鲛绡，又称“龙纱”。盹：瞌睡，小睡的意思。这句是杨西庵《赏花时》套曲(见《阳春白雪》后集卷二)里的词句。

夫人拘系的紧，则怕俺女孩儿折了气分[1]。

(红云)姐姐往常不曾如此无情无绪；自见了那生，便觉心事不宁，却是如何？(旦唱)

【那吒令】往常但见个外人，氲的早嗔[2]；但见个客人，厌的倒褪[3]；从见了那人，兜的便亲[4]。想著他昨夜诗，依前韵，酬和得清新。

【鹊踏枝】吟得句儿匀，念得字儿真，咏月新诗，煞强似织锦回文[5]。谁肯把针儿将线引，向东邻通个殷勤。

【寄生草】想著文章士，旖旎人。他脸儿清秀身儿俊，性儿温克情儿顺，不由人口儿里作念心儿里印。学得来"一天星斗焕文章"不枉了"十年窗下无人问"。

(飞虎领兵上围寺科，下)(卒子内高叫云)寺里人听者：限你们三日内将莺莺献出来与俺将军成亲，万事干休。三

---

① 气分：气概、体面。② 氲(yūn 晕)的：脸上起了红晕。嗔(chēn 抻)：怒，生气。③ 厌的：倏地、突然地。倒褪(tuì 退)：倒退。④ 兜的：立刻，顿时。⑤ 煞强似：比……强得多。煞，很、甚的意思。织锦回文：前秦时苏蕙的丈夫窦滔因罪徙流沙。苏蕙非常思念，就写了反正都可以读的回文旋图诗，织成锦绣寄给丈夫(见《晋书·列女传》)。

日之后不送出，伽蓝尽皆焚烧①，僧俗寸斩，不留一个。（夫人、洁同上，敲门了）（红看了云）姐姐，夫人和长老都在房门前。（旦见了科）（夫人云）孩儿，你知道么？如今孙飞虎将半万贼兵围住寺门，道你"眉黛青颦，莲脸生春，似倾国倾城的太真"，要掳你做压寨夫人。孩儿，怎生是了也②。（旦唱）

【六幺序】听说罢魂离了壳，见放著祸灭身，我将袖梢儿揾不住啼痕③。好教我去住无因，进退无门。可著俺那埚儿里人急偎亲④？孤孀子母无投奔，赤紧的先亡过了有福之人。耳边厢金鼓连天震，征云冉冉，土雨纷纷⑤。

【幺篇】那厮每风闻，胡云。道我"眉黛青颦，莲脸生春，恰便似倾国倾城的太真"；兀的不送了他三百僧人？半万贼兵，半合儿敢剪草除根⑥？这厮每于家为国无忠信，恣情的掳掠人民。更将那天宫般盖造焚烧尽⑦，则没那诸葛孔明，

---

① 伽（qié 茄）蓝：寺庙。是印度梵语"僧伽蓝摩"音译的简称。② 怎生：如何。③ 揾（wèn 问）：揩拭。④ 可著俺：却教我。却、可在元杂剧中常常通用。那埚（guō 郭）儿：哪里。人急偎亲：当时的成语，是说人在危急时就想依靠亲人。⑤ 土雨纷纷：形容人马纷至，尘土飞扬如雨。⑥ 半合儿：一会儿。⑦ 盖造：房屋、建筑物。这里指普救寺。

便待要博望烧屯①。

(夫人云)老身年六十岁,不为寿夭。奈孩儿年少,未得从夫,却如之奈何?(旦云)孩儿有一计:将我与贼汉为妻,庶几可免一家儿性命。(夫人哭云)俺家无犯法之男,再婚之女,怎舍得你献与贼汉,却不辱没了俺家谱!(洁云)俺同到法堂上两廊下,问僧俗有高见者,俺一同商议个长便②。(同到法堂科)(夫人云)小姐却是怎生?(旦云)不如将我与贼人,其便有五:

【后庭花】第一来免摧残老太君;第二来免堂殿作灰烬;第三来诸僧无事得安存;第四来先君灵柩稳;第五来欢郎年小未成人,(欢)俺呵,打甚么不紧③。(旦)须是崔家后代孙。莺莺为惜己身,不行从著乱军④:诸僧众污血痕,将伽蓝火内焚,先灵为细尘,断绝了爱弟亲,割开了慈母恩。

【柳叶儿】呀;将俺一家儿不留一个龆龀⑤,待从军又怕辱没了家门。我不如白练套头儿寻个

---

① 博望烧屯:三国故事。诸葛亮在博望坡用火攻,战败了夏侯惇的十万大军。元代有《诸葛亮博望烧屯》杂剧。② 长便:主意,办法。 ③ 打甚么不紧:有什么要紧。"打紧"、"不紧",都是不要紧的意思。 ④ 不行从著:不从,不跟从著。⑤ 龆龀(tiáo chèn 条衬):本指小孩换牙,故又代称小孩。

自尽；将我尸榇，献与贼人，也须得个远害全身。

【青歌儿】母亲，都做了莺莺，莺莺生忿①，对傍人一言、一言难尽。母亲，休爱惜莺莺一身。恁孩儿别有一计：不拣何人，建立功勋，杀退贼军，扫荡妖氛；倒陪家门②，情愿与英雄，结婚姻，成秦晋③。

（夫人云）此计较可。虽然不是门当户对，也强如陷于贼中。长老在法堂上高叫："两廊僧俗，但有退兵之策的，倒陪房奁断送，莺莺与他为妻。"（洁叫了住）（末鼓掌上云）我有退兵之策，何不问我？（见夫人了）（洁云）这秀才便是前日带追荐的秀才。（夫人云）计将安在？（末云）重赏之下，必有勇夫；赏罚若明，其计必成。（旦背云）只愿这生退了贼者。（夫人云）恰绕与长老说下，但有退得贼兵的，将小姐与他为妻。（末云）既是恁的，休唬了我浑家④，请入卧房里去，俺自有退兵之策。（夫人云）小姐和红娘回去者！（旦对红云）难得此生这一片好心！

【赚煞】诸僧众各逃生，众家眷谁偢问，这生不

---

① 生忿：又作"生分"。忤逆、不孝的意思。 ② 倒陪家门：倒陪房奁和嫁妆。 ③ 秦晋：春秋时，秦晋两国相约世代通婚。因以代指婚姻。 ④ 唬（xià 下）：同"吓"，吓唬。浑（hún 魂）家：妻子。

相识横枝儿著紧①。非是书生多议论，也提防著玉石俱焚。虽然是不关亲，可怜见命在逡巡②。济不济权将秀才来尽③，果若有出师表文④，嚇蛮书信⑤，张生呵，则愿你笔尖儿横扫了五千人。（莺莺引红娘下）

（夫人云）此事如何？（末云）小生有一计，先用著长老。（洁云）老僧不会厮杀，请秀才别唤一个。（末云）休慌，不要你厮杀。你出去与贼汉说："夫人本待便将小姐出来，送与将军；奈有父丧在身。不争鸣锣击鼓⑥，惊死小姐，也可惜了。将军若要做女婿呵，可按甲束兵，退一射之地。限三日功德圆满，脱了孝服，换上颜色衣服，倒陪房奁，定将小姐送与将军。不争便送来，一来父服在身，二来与军不利。"你去说来。（洁云）三日后如何？⑦（末云）小子有一故人，姓杜名确，号为白马将军，见统十万大兵，镇守着蒲关。一封书去，此人必来救我。此间离蒲关四

---

① 横枝儿著紧：非亲非故而肯于关心。② 逡（qūn 囷）巡：顷刻，须臾。③ 济不济：成事不成事。尽：一任。④ 出师表文：指诸葛孔明《出师表》。⑤ 嚇蛮书信：传说唐代李白通晓"蛮语"。唐·范传正《唐左拾遗翰林学士李公新墓碑并序》记有其事。小说有李太白醉草嚇蛮书的故事。⑥ 不争：假使，假如。⑦ 以下为第二本第二折（或作楔子），删全部曲文，只节录了前后两段说白，以保持剧情的连贯。

十五里，写了书呵，怎得人送去？（洁云）若是白马将军肯来，何虑孙飞虎。俺这里有个徒弟，唤作惠明，则是要吃酒厮打。若使央他去，定不肯去；须将言语激著他，他便去。（末唤云）有书寄与杜将军，谁敢去？谁敢去？（惠明上云）我敢去！（末云）老夫人、长老都放心，此书到日，必有佳音。咱：眼观旌节旗，耳听好消息。你看：一封书札逡巡至，半万雄兵咫尺来。（并下）

【翻译】

（孙飞虎上）

孙飞虎（白）：

我姓孙，名彪，字飞虎。当今皇上唐德宗即位，天下纷乱。因主将丁文雅失于治理，我分统五千人马，镇守河桥，劫掳良民财物。最近听说故相国崔珏之女莺莺，双眉清秀，脸儿美丽，她的姿容可以和西施、杨玉环相比美，现住在河中府普救寺内。我想，当今用武之际主将尚且不正，我为什么要独自廉洁守法呢？三军兵士们，听我的号令：人尽衔枚，马皆勒口，连夜向河中府进兵！把莺莺抢来做我的妻子，平生的愿望就满足了。

（孙飞虎下，法本慌上）

法本（白）：

不料想孙飞虎领着五千贼兵围住寺门，鸣锣击鼓，呐喊摇旗，想要抢莺莺小姐为妻。我不敢耽误，必须赶快去报告夫人。

（法本下，夫人慌上）

夫人（白）：

这事可怎么办？我到莺莺卧房里去商量一下。

（夫人下，莺莺与红娘同上）

莺莺（白）：

自见了张君瑞，神魂荡漾，心情不快，茶饭少进，已是非常感伤，况且又恰逢暮春天气，真让人烦恼。好句有情怜夜月，落花无语怨东风。

莺莺（唱）：

病恹恹身体疲损，
本来就已伤神，
适又逢残春。
衣裳宽褪，
再经受得几个这样的黄昏？
微风吹轻烟袅袅，
珠帘不卷，
雨打梨花深闭门，
默默无语倚栏杆，
望断行云。

落花纷纷，
风飘万点正愁人。
晓来梦醒池塘里春色已消，
栏槛内百花正辞春，
蝴蝶轻沾了似雪的飞絮，
燕子衔着落花熏染的香尘。
系春心的情丝不如柳丝长，
隔花阴的人儿不似天涯近。
脸上香消了金粉，
瘦损了精神。

红娘(白)：

小姐心情不快，我把被子熏得香香的，姐姐睡一会儿。

莺莺(唱)：

冷冰冰的被子压着绣褥，
休将兰麝熏，
便将兰麝熏尽，
也只是自温存。
昨宵的诗篇把我的情思逗引，
今日难与那书生亲近。
这些时坐又不安，
睡又不宁。

我想要登高赏景又不快，

闲行又闷。

整日里情思睡昏昏。

红娘呵，

我只要伏在枕头儿上盹，

但出闺门，

你就像影儿般不离身。

红娘(白)：

这不关我的事，是老夫人叫我跟着小姐的。

莺莺(白)：

俺娘也好没意思。

莺莺(唱)：

这些时竟这样提防着人，

小红娘服侍得勤，

老夫人拘束得紧，

只怕俺女孩儿失了身份。

红娘(白)：

小姐，您往常从没有这样没情没绪，自见了那张君瑞以后，便觉心事不宁，这是为什么呢？

莺莺(唱)：

往常时只要见个外人，

脸儿一红早生嗔；
只要见个客人，
忽地便将身儿退遁；
自从见了那人，
立刻就觉得亲。
想着他昨夜诗，
依前韵，
酬和得清新。

吟得句儿匀，
念得字儿真，
咏月新诗，
强似那锦织的传情诗信，
谁肯把针儿将线引，
向东邻通个殷勤。

想着那多才的学士，
漂亮的人，
他脸儿清秀身儿俊，
温柔自重情儿顺，
不由人口儿里叨念心儿里印。
学得一手好文章，

恰似一天星斗光璀璨，

不枉了十年窗下无人问。

（孙飞虎领兵上，包围普救寺、下）

卒子（内高叫）：

寺里人听着：限你们三日之内将莺莺献出来，与我们将军成亲，万事皆休。若三日后不送出来，佛庙尽皆烧毁，僧俗等人尽皆斩首不留一个。

（夫人、法本同上，敲莺莺屋门）

红娘（看、白）：

小姐，夫人和长老都在房门前。

（莺莺见夫人、长老）

夫人（白）：

莺莺，你知道么？现在有个叫孙飞虎的领着五千人马，围住寺门，说你是“眉黛青颦，莲脸生春，似倾国倾城的太真”，要抢你做他的压寨夫人。孩子呵，怎么办哪?!

莺莺（唱）：

听说罢魂离了壳，

面临着大祸灭身，

将袖梢儿揩不干啼痕。

好教我去留无计，

进退无门。

可叫我危急中，

到哪里去依靠亲人?
孤儿寡母无投奔,
当真是早亡的父亲,
如今是有福之人。
耳边厢金鼓连天震,
征云冉冉,
土雨纷纷。

那些强人
听到传闻,
瞎说胡云。
说我胜似,
美丽无双的太真;
岂不断送了三百僧人?
五千贼兵,
半霎儿全寺众僧,
剪草除根。
强徒们于家于国无忠信,
恣情地掳掠人民。
更将那天宫般建筑焚烧尽,
虽不是那诸葛孔明,
也要做个博望烧屯。

夫人(白):

我已经六十岁了,死不为夭,怎奈我儿年纪轻轻,尚未出嫁,遭此大难,如何是好啊!

莺莺(白):

母亲,我想,若是将我交出,大约可以保全一家性命。

夫人(哭、白):

俺崔家是博陵世家,家无犯法之男,再婚之女,怎能将你献与贼汉,岂不辱没了祖先?

法本(白):

咱们同到法堂上两廊下,问问僧俗众人有什么好主意,共同商量个办法。

(夫人、法本等一同到法堂)

夫人(白):

莺莺你认为怎样?

莺莺(白):

母亲,不如将我交与贼人,好处有五:

莺莺(唱):

第一来免得摧残老母亲;

第二来免得堂殿作灰烬;

第三来诸僧无事得安存;

第四来爹爹灵柩稳;

第五来欢郎年小未成人，

欢郎（白）：

我呵，有什么要紧。

莺莺（唱）：

须是崔家后代孙。

莺莺若为惜己身，

不顺从乱军：

诸僧众染血痕，

眼见得伽蓝火内焚，

老父灵柩化灰尘，

断送了爱弟亲，

割开了慈母恩。

呀！一家老小不留一人，

想屈从又怕辱没了家门。

我不如白练套头儿寻个自尽，

将我尸体，

献与贼人，

可以避祸，又保全了清白身。

母亲，就算是莺莺不孝，莺莺生忿，

对旁人一言、一言难尽。

母亲，休爱惜莺莺这一身。

莺莺(白)：

恁孩儿另有一计：

不管何人，

建立功勋，

杀退贼军，

扫荡妖氛，

倒陪彩礼，

情愿与英雄，

结婚姻，

成秦晋。

夫人(白)：

这个办法还可以。虽不是门当户对，也胜似陷于贼中。长老在法堂上高叫：两廊僧俗，凡有退兵计策的，倒陪彩礼，将莺莺与他为妻。

(法本高叫，稍停，张君瑞鼓掌上)

张君瑞(白)：

我有退兵之策，为什么不问我？

(张君瑞见夫人)

法本(白)：

这秀才就是前日追荐父母的那人。

夫人(白)：

有什么好办法？

张君瑞（白）：

重赏之下，必有勇夫，赏罚若明，其计必成。

莺莺（旁白）：

只愿这人能退了强贼。

夫人（白）：

刚才与长老说下，但有能退贼兵的，将莺莺与他为妻。

张君瑞（白）：

既是这样，不要吓了我的妻子，请进卧房里去，我自有退兵之策。

夫人（白）：

莺莺和红娘回去吧！

莺莺（对红娘）（白）：

难得这个秀才有这一片好心！

莺莺（唱）：

诸僧众各逃生，

众家眷谁瞅问，

这人不相识，

非亲非故助他人。

不是书生多议论，

也提防着玉石俱焚。

虽然是不关亲，

可怜命在旦夕。

成不成暂且听任秀才，

果若有出师表文，

吓蛮书信，

莺莺(白)：

张生呵，

只愿你的书信，

能横扫五千人。

(莺莺、红娘同下)

夫人(白)：

这事怎么办?

张君瑞(白)：

我有一个办法，先请长老帮帮忙。

法本(白)：

我不会打仗，请你另外叫一个人吧。

张君瑞(白)：

不要着急，不用你打仗，你出去与贼汉说："夫人本想请小姐出来，送与将军，怎奈父丧在身。假如鸣锣击鼓，惊死小姐，也可惜了。将军若要做女婿呵，就请按甲束兵，退一箭之地。限三日功德圆满，辞了相国灵柩，脱了孝服，换上颜色衣服，倒陪彩礼，再将小姐送与将军。

若是现在送去，一来小姐孝服在身，二来于将军不利。”你去说来。

法本（白）：

这倒可以，但三日后怎么办？

张君瑞（白）：

我有一个老朋友，姓杜名确，别号白马将军，现在统率十万大军，在蒲关镇守。送一封信给他，他一定来救我。这里距离蒲关有四十五里路，可是写了信，怎么送去呢？

法本（白）：

若是白马将军肯来，还怕什么孙飞虎？我这里有个徒弟叫惠明，只是爱喝酒打架，若央求他去，他一定不答应，须用话激他，他才去。

张君瑞（高声呼唤）：

现在有一封送给杜将军的书信，谁敢去？谁敢去？

惠明和尚（上）（白）：

我敢去！

张君瑞（白）：

老夫人、长老都放心吧！这书信一到，必有佳音。耳听好消息吧！正是：一封书信逡巡至，半万雄兵咫尺来。

（众人同下）

六、请　宴

“请宴”为原著第二本第三折，略有删节。这场戏写张君瑞请来白马将军击溃孙飞虎之围，莺莺一家和全寺众僧免除了灾难。崔夫人准备了便宴，命红娘去请张生赴宴。这时，张生满心以为老夫人将要实现诺言，急切地等待着举行婚礼的喜筵。

作品细腻地写出了张生对莺莺情思切切的心态和红娘对“张君瑞合当钦敬”的态度。整场戏自始至终紧紧扣住后面“赖婚”一场，与其处处照应，反复铺垫。这场戏越是极写张生的喜悦和急切心情，就越能衬托出老夫人“赖婚”的非正义性，以及“赖婚”带给莺莺与张生的失望的深切，越能强烈地表现出这几个年轻人的痛苦和不满。这一场戏，由于人物心理的欢乐、欣喜而洋溢着轻松、幽默的气氛，与前、后两场戏的紧张场面，形成鲜明的对比，为全戏平添波澜，加强了戏剧性。

(夫人上云)今日安排下小酌，单请张生酬劳。道与红娘：疾忙去书院中请张生，著他是必便来，休推故。(下)(末上云)夜来老夫人，著红娘来请我。却怎生不见来？我打扮著等他，皂角也使过两个也[①]，水也换了两桶也，乌纱帽擦得光挣挣的[②]。怎么不见红娘来也呵？(红娘上云)老夫人使我请张生。我想若非张生妙计呵，俺一家儿性命难保也呵。

【中吕·粉蝶儿】半万贼兵，卷浮云片时扫净，俺一家儿死里逃生。舒心的列山灵、陈水陆[③]，张君瑞合当钦敬[④]。当日所望无成；谁承望一缄书倒为了媒证。

---

① 皂角：皂荚树所结的皂荚，可以洗衣去污，故又引申为洗衣用的去污品。 ② 光挣挣：亮堂堂，可引申为“漂亮”。③ 舒心：开心。心甘情愿。“山灵”、“水陆”：指山珍海味，形容筵席的丰盛。 ④ 合当：应当。

【醉春风】今日个东阁玳筵开①，煞强如西厢和月等。薄衾单枕有人温，早则不冷、冷。受用足宝鼎香浓，绣帘风细，绿窗人静。可早来到也。

【脱布衫】幽僻处可有人行，点苍苔白露泠泠。隔窗儿咳嗽了一声，（红敲门科）（末云）是谁来也？（红云）是我。他那里启朱唇急来答应。（末云）拜揖小娘子。（红唱）

【小梁州】则见他叉手忙将礼数迎，我这里"万福，先生"！乌纱小帽耀人明，白襕净②，角带闹黄鞓③。

【幺篇】衣冠济楚庞儿俊，可知道引动俺莺莺。据相貌，凭才性，我从来心硬，一见了也留情。

（末云）既来之，则安之④。请书房内说话。小娘子此行为何？（红云）贱妾奉夫人严命，特请先生小酌数杯，勿却。（末云）便去！便去！敢问席上有莺莺姐姐么？（红唱）

---

① 东阁：汉代公孙弘做丞相很好客，在住宅处另开了一个东门，专供宾客出入，表示对宾客的恭敬。玳（dài 代）筵：上等筵席。 ② 襕（lán 兰）：古代上下衣相连的服装。 ③ 角带闹黄鞓：装饰着兽角裹着黄绢的腰带。闹，众宝杂缀。鞓（tīng 厅），皮革制的腰带。"白襕"、"黄鞓"都是儒生穿的衣服。 ④ 既来之，则安之：语见《论语·季氏》。

【上小楼】"请"字儿不曾出声,"去"字儿连忙答应;可早莺莺根前,"姐姐"呼之,喏喏连声。秀才每闻道"请",恰便似听将军严令,和他那五脏神愿随鞭镫。

(末云)今日夫人端的为甚么筵席?(红唱)

【幺篇】第一来为压惊,第二来因谢承。不请街坊,不会亲邻,不受人情。避众僧,请老兄,和莺莺匹聘。(末云)如此小生欢喜。(红唱)则见他欢天喜地,谨依来命。

(末云)小生客中无镜,敢烦小娘子看小生一看何如?(红唱)

【满庭芳】来回顾影,文魔秀士①,风欠酸丁②。下工夫将额颅十分挣③,迟和疾擦倒苍蝇④,光油油耀花人眼睛,酸溜溜螫得人牙痛⑤。(末云)夫人办甚么请我?(红唱)茶饭已安排定:淘下陈仓米数升⑥,炸下七八碗软蔓青⑦。

---

① 文魔秀士:爱好读书学习的读书人。 ② 风欠酸丁:即酸风欠,酸丁,指秀才。宋元时习称读书人为"酸",形容他们的贫寒迂腐。 ③ 额颅:头。这里指头和脸。挣:美、漂亮,亦作擦拭解。 ④ 迟和疾:迟早、早晚。擦倒:摔倒。 ⑤ 螫(zhē遮):刺。 ⑥ 陈仓米:老米。 ⑦ 蔓菁:又叫芜菁菜,或诸葛菜,根扁圆多肉,古代穷人吃的菜。

(末云)小生想来，自寺中一见了小姐之后，不想今日得成婚姻。岂不为前生分定！(红云)姻缘非人力所为，天意尔！

【快活三】咱人一事精，百事精；一无成，百无成，世间草木本无情。自古云："地生连理木，水出并头莲。"他犹有相兼并[1]。

【朝天子】休道这生，年纪儿后生，恰学害相思病。天生聪俊，打扮素净，奈夜夜成孤另。才子多情，佳人薄幸，兀的不担搁了人性命。(末云)你姐姐果有信行？(红唱)谁无一个信行，谁无一个志诚，恁两个今夜亲折证[2]。

(末云)[3]小娘子先行，小生收拾书房便来。敢问那里有甚么景致？(红唱)

【耍孩儿】俺那里落红满地胭脂冷，休辜负了良辰美景。夫人遣妾莫消停，请先生勿得推称。俺那里准备著鸳鸯夜月销金帐[4]，孔雀春风软玉屏[5]。乐奏合欢令，有凤箫象板[6]，锦瑟

---

① 兼并：配合，匹配。 ② 折证：质证、对证。 ③ 此前删[四边静]一曲。 ④ 销金帐：用金线装饰的帐子。 ⑤ 软玉屏：用玉石点缀的屏风。 ⑥ 凤箫：饰有凤凰的洞箫。象板：用象牙制成的拍板。

鸾笙①。

（末云）小生书剑飘零，无以为财礼，却是怎生？

（红唱）

【四煞】聘财断不争，婚姻自有成，新婚燕尔安排定。你明博得跨凤乘鸾客②，我到晚来卧看牵牛织女星③。休傒倖④，不要你半丝儿红线⑤，成就了一世儿前程。

【三煞】凭着你灭寇功，举将能，两般儿功效如红定⑥。为甚俺莺娘心下十分顺，都则为君瑞胸中百万兵⑦。越显得文风盛，受用足珠围翠绕，结果了黄卷青灯⑧。

---

① 锦瑟（sè 色）：弦乐器。鸾笙（shēng 声）：乐器，上面有鸾鸟的图案。 ② 跨凤乘鸾：传说秦穆公将女儿弄玉嫁与萧史为妻，教弄玉吹箫作凤鸣，吹来凤鸟，二人跨凤飞去。这里的萧史喻张生。 ③ 卧看牵牛织女星：杜牧《秋夕》诗句。原诗为“坐看”。比喻张生莺莺二人洞房相会。 ④ 傒倖（xī xìng 夕幸）：惦记，叨念。 ⑤ 红线：原指媒人，这里指给媒人的礼物。 ⑥ 红定：古代定婚时多用红彩缠酒壶赠女家，作为结婚的聘礼。北宋时已有这一礼俗（见《东京梦华录》）。 ⑦ 胸中百万兵：据说宋代范仲淹在延安，夏人听说后，互相告诫，“勿以延安为意，小范老子胸中有数百万甲兵”（见《宋史》）。 ⑧ 黄卷：书。青灯：油灯。

【二煞】夫人只一家，老兄无伴等①，为嫌繁冗寻幽静。(末云)别有甚客人？(红唱)单请你个有恩有义闲中客，且回避了无是无非窗下僧。夫人的命，道足下莫教推托，和贱妾即便随行。

(末云)小娘子先行，小生随后便来。(红唱)

【收尾】先生休作谦，夫人专意等。常言道"恭敬不如从命"，休使得梅香再来请。(下)

(末云)红娘去了，小生拽上书房门者。我比及到得夫人那里，夫人道："张生，你来了也？饮几杯酒，去卧房内和莺莺做亲去！"(下)②

【翻译】

(夫人上)

夫人(白)：

今日为酬谢张先生，准备好便饭，已告诉红娘，赶快去书院中，请张先生来，叫他一定要来，不要推辞。

(夫人下、张君瑞上)

张君瑞(白)：

昨天老夫人说，叫红娘来请我。怎么不见来？我打扮着等她，皂角也使过两个，水也换了两桶，乌纱帽擦得

---

① 伴等：又作伴当。即同伴。 ② 以下说白删。

光光的。怎么还不见红娘来呵?

(红娘上)

红娘(白):

老夫人让我来请张先生。我想若不是张先生的妙计,俺一家儿性命难保呵。

红娘(唱):

五千贼兵,
似风卷浮云,
将全寺扫净,
俺一家儿死里逃生。
心甘情愿地,
陈列着山珍海味,
张君瑞合当钦敬。
当日所望无成,
谁想一封书信,
倒做了媒证。

今日东阁筵席开,
胜过伴月西厢等。
薄衾单枕有人温,
早则不冷、冷。
受用足宝鼎香浓,

绣帘上轻拂着微风，

绿窗内人儿幽静。

红娘(白)：

已经到了。

红娘(唱)：

幽静处可有人行，

苍苔点点白露凉。

隔窗儿咳嗽一声，

(红娘敲门)

张君瑞(白)：

是谁来了？

红娘(白)：

是我。

红娘(唱)：

他开口急忙答应。

张君瑞(白)：

红娘，我这里给你施礼了。

红娘(唱)：

只见他拱手忙将礼数迎，

我这里“万福，先生”。

乌纱礼帽耀人明，

白细布的襕衫甚干净，

黄色的皮带腰上横。

衣冠济楚脸儿俊,

难怪引动俺莺莺。

据相貌,

凭才性,

我从来心硬,

一见了也动情。

张君瑞(白):

既来之,则安之,请书房里说话。红娘,为什么到我这里来?

红娘(白):

我奉夫人的命令,特意来请您小饮数杯,不要推却。

张君瑞(白):

就去,就去。请问席上可有莺莺姐姐?

红娘(唱):

"请"字儿不曾出声,

"去"字儿连忙答应,

可早莺莺面前,

"姐姐"相称,

喏喏连声。

秀才听得一声"请",

恰似听将军严令，

心甘情愿随鞭镫。

张君瑞(白)：

今天夫人真的为什么要摆筵席?

红娘(唱)：

第一来为压惊，

第二来谢大恩。

不请街坊，

不会亲邻，

不受人情。

避众僧，

单请老兄匹配莺莺。

张君瑞(白)：

若是这样，我真高兴。

红娘(唱)：

只见他欢天喜地，谨依来命。

张君瑞(白)：

我在漂游之中，没有镜子，麻烦红娘看一看我，穿着是否整齐?

红娘(唱)：

来回顾看自己的身影，

文绉绉的风魔秀士，

痴呆呆的穷酸书生，

下工夫将头额修饰得十分干净，

迟早会滑倒苍蝇，

光油油耀花人眼睛，

酸溜溜螫得人牙痛。

张君瑞（白）：

夫人准备了什么宴请我？

红娘（唱）：

茶饭已经安排定，

淘下陈仓老米有数升，

炸了七八碗软蔓青。

张君瑞（白）：

我想，自从在寺里见了莺莺之后，不料今日能结成婚姻，这岂不是前生的缘分？

红娘（白）：

姻缘不是人力所能做到的，这都是天意呵。

红娘（唱）：

咱人一事精，

百事精；

一无成，

百无成。

世间草木本无情，

红娘(白):

自古道:“地生连理木,水出并头莲。”

红娘(唱):

他们可得相依并。

休道这张珙,

年轻的后生,

恰学会害相思病。

天生聪俊,

打扮素净,

无奈夜夜受孤零。

才子多情,

佳人薄幸,

怎么不害了人性命。

张君瑞(白):

莺莺小姐真的有信用吗?

红娘(唱):

谁没个信行,

谁没个志诚,

你们两个今夜亲对证。

张君瑞(白):

红娘先走一步,我收拾了书房就来。请问那里有什么景致？

红娘（唱）：

俺那里落红满地花儿冷，

休辜负了良辰美景，

老夫人差遣我不敢消停，

请先生不要推辞。

俺那里准备着鸳鸯夜月销金帐，

孔雀春风软玉屏。

室中乐奏合欢令，

一对对凤箫象板，

锦瑟鸾笙。

张君瑞（白）：

我身边只有书箱佩剑，四处飘零，没有彩礼，怎么办？

红娘（唱）：

花红彩礼断不争，

婚姻自能成，

新婚燕尔已安排定。

你分明是跨凤乘鸾的娇客，

我到晚来卧看牵牛织女星。

休烦恼，

不要你半丝儿红线，

成就了一世儿前程。

凭着你解围灭寇功，
推贤举将能，
两般儿功效如红定。
为甚俺莺娘心下十分顺，
都只为君瑞才高能调百万兵，
越显得你才情盛。
珠宝翠玉足享用，
结束了黄卷青灯。

夫人只一家，
老兄无亲朋，
为嫌繁冗寻幽静。

张君瑞(白)：
还有什么客人？

红娘(唱)：
单请你个有恩有义闲中客，
且回避了无是无非寺内僧。
夫人严命，
请先生莫要推托，
和我立即同行。

张君瑞(白):

红娘先行,我随后就来。

红娘(唱):

先生休让谦,

夫人专意等。

常言道“恭敬不如从命”,

休使我再来请。

(红娘下)

张君瑞(白):

红娘去了,我关上房门,我到了夫人那里,夫人道:“张生,你来啦,饮几杯酒,去卧房内和莺莺做亲去!”

(笑下)

七、赖　婚

“赖婚”为原著第二本第四折。这场戏写老夫人在便宴上背弃许婚的诺言，引起张生、莺莺和红娘的强烈不满。当老夫人叫莺莺以兄妹之礼去拜哥哥时，张生、莺莺和红娘有如五雷轰顶，都惊呆了。他们被老夫人背信弃义的“赖婚”行为所激怒。戏剧冲突骤然激化，形成了一个高潮。

这场戏集中刻画了莺莺的心理，写出了她的反抗性格。莺莺在[得胜令]、[甜水令]、[殿前欢]、[离亭宴带歇指煞]诸曲的唱辞中表达了对老夫人的抗议。认识到“老夫人谎到天来大”、“俺娘把甜句儿落空了他，虚名儿误赚了我”。直接破坏了他们的幸福婚姻。这场戏是莺莺性格发展的一个关键，也是促进热情正义的红娘帮助他们争取婚姻自主的转折点。

(夫人排桌上云①)红娘去请张生，如何不见来？(红见夫人云)张生著红娘先行，随后便来也。(末上见夫人施礼科)(夫人云)前日若非先生，焉得有今日；我一家之命，皆先生所活也。聊备小酌，非为报礼，勿嫌轻意。(末云)一人有庆，兆民赖之②。此贼之败，皆夫人之福。万一杜将军不至，我辈皆无免死之术。此皆往事，不必挂齿。(夫人云)将酒来，先生满饮此杯。(末云)长者赐，少者不敢辞③。(末做饮酒科)(末把夫人酒了)(夫人云)先生请坐！(末云)小子侍立座下，尚然越礼，焉敢与夫人对坐。(夫人云)道不得个"恭敬不如从命"。(末谢坐了)(夫人云)红娘，去唤小姐来，与先生行礼者！(红朝鬼门道唤云④)老夫人后堂待客，请小姐出来哩！(旦应云)我身子有些不停当⑤，来不得。(红云)你道请谁哩？(旦云)请谁？(红云)请张生哩！(旦云)若请张生，扶病也索走一遭。(红发科了)(旦上)免除崔氏全家祸，尽在张生半纸书。

---

① 排：备办。 ② 一人有庆，兆民赖之：见《尚书·吕刑》。③ 长者赐，少者不敢辞：见《礼记·曲礼》。 ④ 鬼门道：宋元时舞台上通向后台的门。 ⑤ 不停当：不舒服。

【双调·五供养】若不是张解元识人多，别一个怎退得干戈。排著酒果，列著笙歌。篆烟微，花香细，散满东风帘幕。救了咱全家祸，殷勤呵正礼，钦敬呵当合①。

【新水令】恰才向碧纱窗下画了双蛾，拂拭了罗衣上粉香浮涴②，则将指尖儿轻轻的贴了钿窝③。若不是惊觉人呵，这其间犹压著绣衾卧。

(红云)觑俺姐姐这个脸儿吹弹得破，张生有福也呵！(旦唱)

【幺篇】没查没利谎偻科④，你道我宜梳妆的脸儿吹弹得破。(红云)俺姐姐天生的一个夫人的样儿。(旦唱)你那里休聒⑤，不当一个信口开合。知他命福是如何？我做一个夫人也做得过。

(红云)往常两个都害，今日早则喜也！(旦唱)

【乔木查】我相思为他，他相思为我，从今后两

---

① 当合：即合当。是应当的意思。 ② 浮涴(wò 沃)：浮在衣服上的污物，这里指化妆粉末。 ③ 钿窝：同“钿窠”。衣服上的装饰品。 ④ 没查没利：即“没查利”。也就是“卖查(zhā 渣)梨”，因卖查梨的人爱自夸查梨的好处，常是“一半儿查梨一半儿谎”。有言语不实和奉承的意思。偻科：也作“偻㑩”。偻㑩本为能干的意思，宋时任干办者，称为“偻科”。这里是小辈、小鬼头的意思，指红娘。 ⑤ 聒(guō 郭)：“聒噪”的省词。意即啰唆、絮烦。

下里相思都较可[1]。酬贺间礼当酬贺，俺母亲也好心多。

(红云)敢著小姐和张生结亲呵！怎生不做大筵席，会亲戚朋友？安排小酌为何？(旦云)红娘，你不知夫人意。

【搅筝琶】他怕我是陪钱货，两当一便成合[2]。据著他举将除贼，也消得家缘过活。费了甚？一股那便待要结丝萝[3]。休波[4]，省人情的奶奶忒虑过，恐怕张罗。

(末云)小子更衣咱。(做撞见旦科)(旦唱)

【庆宣和】门儿外，帘儿前，将小脚儿那。我恰待目转秋波，谁想那识空便的灵心儿早瞧破[5]。唬得我倒趓[6]，倒趓。

(末见旦科)(夫人云)小姐近前，拜了哥哥者！(末背云)呀，声息不好了也！(旦云)呀，俺娘变了卦也！(红云)这相思又索害也。(旦唱)

---

① 较：减轻，痊愈。可，语助词。 ② 两当一便成合：以两个当一个成交。 ③ 一股那：同“一古脑”、匆忙、一下子。丝萝：婚姻。古代形容男女婚配有如菟丝和女萝的缠绕不分一样。 ④ 休波：算了吧。元剧中的“波”相当于现在的“吧”。⑤ 识空便：机灵、聪明。 ⑥ 倒趓：倒退着躲避。趓，同“躲”。

【雁儿落】荆棘刺怎动那[①]！死没腾无回豁[②]！措支刺不对答[③]！软兀刺难存坐[④]！

【得胜令】谁承望这即即世世老婆婆[⑤]，著莺莺做妹妹拜哥哥。白茫茫溢起蓝桥水[⑥]，不邓邓点著祆庙火[⑦]。碧澄澄清波，扑刺刺将比目鱼分破；急攘攘因何，扢搭地把双眉锁纳合[⑧]。

（夫人云）红娘看热酒，小姐与哥哥把盏者！（旦唱）

---

① 荆棘刺：荆应为"惊"。棘刺，又作"急律"、"急力"、"急里"、"棘列"，是语助词，形容惊慌。 ② 死没腾：呆呆地。没腾，又作"没堆"，语助词。回豁：回答，反应。豁，语助词。 ③ 措支刺：慌慌张张地，错乱。支刺，语助词。 ④ 软兀刺：形容瘫软，没有力气。兀刺，语助词。存坐：坐定，稳坐。 ⑤ 即即世世：是"积世"的重叠，世故很深的意思。 ⑥ 蓝桥：民间传说称尾生和一个女孩子相爱，约定在蓝桥相见，尾生先到了，不料河水涨溢；尾生坚守信约，不肯移动，竟被水淹死（事本《战国策·燕策》）。 ⑦ 不邓邓：当为"勃腾腾"之讹，形容火势。祆(xiān 先)庙：波斯拜火教的寺院。祆庙火，《渊鉴类函》卷五十八，引《蜀志》说，蜀帝生公主，使乳母陈氏乳养，陈氏带着自己的幼子，在宫内居住，十余年后，其子因宫禁而出宫。后来其子因思公主而生病。陈氏入宫，公主见其有忧色，询问原因，陈将实情偷偷地告诉给公主，遂约定在祆庙相见。公主入庙、见陈生熟睡，遂将幼时所玩的玉环，放在他的怀里，离去。陈生醒后，知道公主已去，怨气成火，将自己与祆庙一齐烧毁。 ⑧ 扢搭：声音形容词，古人把皱眉比做锁。纳合：合拢，上锁。

【甜水令】我这里粉颈低垂，蛾眉频蹙，芳心无那①。俺可甚"相见话偏多"？星眼朦胧，檀口嗟咨，攧窨不过②。这席面儿畅好是乌合！

（旦把酒科）（夫人央科）（末云）小生量窄。（旦云）红娘接了台盏者！

【折桂令】他其实咽不下玉液金波。谁承望月底西厢，变做了梦里南柯③。泪眼偷淹，酩子里揾湿香罗。他那里眼倦开，软瘫做一垛；我这里手难抬，称不起肩窝④。病染沉疴，断然难活。则被你送了人呵，当甚么偻㑩⑤。

（夫人云）再把一盏者！（红递盏了）（红背与旦云）姐姐，这烦恼怎生是了！（旦唱）

【月上海棠】而今烦恼犹闲可⑥，久后思量怎奈何？有意诉衷肠，争奈母亲侧坐，成抛趓⑦，咫尺间如间阔⑧。

【幺篇】一杯闷酒尊前过，低首无言自推挫⑨。

---

① 无那：无奈。 ② 攧窨（diān yìn 掂印）：顿足埋怨。 ③ 南柯：唐传奇《南柯太守传》叙述：淳于棼在梦中做了槐安国的驸马，担任南柯郡太守二十年，遍尝荣华富贵的滋味，醒后一场空。 ④ 称：支撑。 ⑤ 偻㑩：这里是能干的意思。 ⑥ 闲可：小事情，没关系。可，语助词。 ⑦ 抛趓：撇开、回避。 ⑧ 间阔：远隔。 ⑨ 推挫：推托。

不堪醉颜酡，却早嫌玻璃盏大。从因我，酒上心来觉可。

（夫人云）红娘送小姐卧房里去者！（旦辞末出科）（旦云）俺娘好口不应心也呵！

【乔牌儿】老夫人转关儿没定夺①，哑谜儿怎猜破；黑阁落甜话儿将人和②，请将来著人不快活。

【江儿水】佳人自来多命薄，秀才每从来懦。闷杀没头鹅③，撇下陪钱货；下场头那答儿发付我！

【殿前欢】恰才个笑呵呵，都做了江州司马泪痕多④。若不是一封书将半万贼兵破，俺一家儿怎得存活。他不想结姻缘想甚么？到如今难著莫⑤；老夫人谎到天来大；当日成也是恁个母

---

① 转关儿：改变主意。 ② 黑阁落：暗地里，绕弯子。和：哄骗。 ③ 没头鹅：比喻摸不着头脑，胡里胡涂的人，这里指张君瑞。 ④ 江州司马泪痕多：唐代白居易《琵琶行》结尾有"座中泣下谁最多，江州司马青衫湿"的句子。江州司马，白居易曾被降职任江州司马。这里指张君瑞。 ⑤ 著莫：捉摸、揣测。难著莫，即事变莫测。

亲，今日败也是恁个萧何[1]。

【离亭宴带歇指煞】从今后玉容寂寞梨花朵[2]，胭脂浅淡樱桃颗，这相思何时是可？昏邓邓黑海来深，白茫茫陆地来厚，碧悠悠青天来阔；太行山般高仰望，东洋海般深思渴。毒害的恁么。俺娘呵，将颤巍巍双头花蕊搓，香馥馥同心缕带割，长搀搀连理琼枝挫。白头娘不负荷，青春女成担搁，将俺那锦片也似前程蹬脱[3]。俺娘把甜句儿落空了他，虚名儿误赚了我。

（下）

（末云）小生醉也，告退。夫人跟前，欲一言以尽意，未知可否？前者贼寇相迫，夫人所言"能退贼者，以莺莺妻之"。小生挺身而出，作书与杜将军，庶几得免夫人之祸。今日命小生赴宴，将谓有喜庆之期；不知夫人何见，以兄妹之礼相待？小生非图哺啜而来[4]，此事果若不谐，小生即当告退。（夫人云）先生纵有活我之恩，奈小姐先相

---

① 败也是恁个萧何：宋·洪迈《容斋续笔·萧何给韩信》卷八有"成也萧何，败也萧何"之句。汉代的萧何保荐韩信，后来又杀害了韩信。指韩信的成败，都系于萧何。这里借喻老夫人言行反复无常。 ② 玉容寂寞梨花朵：白居易《长恨歌》有"玉容寂寞泪阑干，梨花一枝春带雨"的诗句。 ③ 蹬脱：拆开、拆散。 ④ 哺啜（bǔ chuò 补绰）：吃喝。

国在日，曾许下老身侄儿郑恒。即日有书赴京唤去了，未见来。如若此子至，其事将如之何？莫若多以金帛相酬，先生拣豪门贵宅之女，别为之求。先生台意若何？(末云)既然夫人不与，小生何慕金帛之色！却不道"书中有女颜如玉①"。则今日便索告辞。(夫人云)你且住者，今日有酒也。红娘扶将哥哥去书房中歇息，到明日咱别有话说。(红扶末科)(末念)有分只熬萧寺夜，无缘难遇洞房春。(红云)张生，少吃一盏却不好！(末云)我吃甚么来！(末跪红科)小生为小姐，昼夜忘餐废寝，魂劳梦断，常忽忽如有所失。自寺中一见，隔墙酬和，迎风带月，受无限之苦楚。甫能得成就婚姻，夫人变了卦，使小生智竭思穷，此事几时是了！小娘子怎生可怜见小生，将此意申与小姐，知小生之心。就小娘子前解下腰间之带，寻个自尽。(末念)可怜刺股悬梁志②，险作离乡背井魂。(红云)街上好贱柴，烧你个傻角。你休慌，妾当与君谋

① 书中有女颜如玉：宋真宗《劝学篇》：有"娶妻莫恨无良媒，书中有女颜如玉"的句子。 ② 刺股：战国时，苏秦勤学苦读。当他困极想睡的时候，就拿锥子刺自己的大腿(见《战国策·秦策》)。悬梁：汉代的孙敬读书时，为防备瞌睡，用绳子把头发拴住，把另一头系在房梁上(见《楚国先贤传》)。

之。(末云)计将安在? 小生当筑坛拜将[1]。(红云)妾见先生有囊琴一张,必善于此。俺小姐深慕于琴。今夕妾与小姐同至花园内烧夜香;但听咳嗽为令,先生动操[2]。看小姐听得时,说甚么言语,却将先生之言达知。若有话说,明日妾来回报,这早晚怕夫人寻我,回去也。(下)

【翻译】

(夫人备办酒席上)

夫人(白):

红娘去请张生,为什么还没有来?

(红娘上,见夫人)

红娘(白):

张先生叫我先回来,他随后就来。

(张君瑞上,见夫人行礼)

夫人(白):

前日若不是先生,怎能有今天。我们一家的性命,都是你救活的。今天准备了简单的酒席,算不上报答,请不要嫌怠慢。

张君瑞(白):

---

① 筑坛拜将:汉高祖刘邦,筑起一个高台,拜韩信为大将,表示尊重人才。 ② 操:琴曲称为操。动操,弹琴。

“一人有庆，兆民赖之。”孙飞虎失败，都是夫人的洪福。万一杜将军不来，我们都没有避免死亡的办法。这些都过去了，不必再提。

夫人（白）：

拿酒来，请先生喝了这一杯酒。

张君瑞（白）：

“长者赐，少者不敢辞。”

（张君瑞饮酒，向夫人敬酒）

夫人（白）：

先生请坐。

张君瑞（白）：

我站在您的座位旁边，已经是超越了礼节，岂敢与夫人对坐。

夫人（白）：

有一句话说：恭敬不如从命。请坐吧！

（张君瑞谢夫人、坐）

夫人（白）：

红娘，去叫小姐来，与先生行礼。

（红娘朝舞台的上场门，叫莺莺小姐）

红娘（白）：

老夫人在后堂招待客人，请小姐出来。

（莺莺在内答应）

莺莺(白)：

我身体有些不舒服，来不得。

红娘(白)：

你知道请的是谁吗？

莺莺(白)：

是谁？

红娘(白)：

是请张先生。

莺莺(白)：

若是请张先生，我就是带病也要去的。

(红娘笑，莺莺上)

莺莺(白)：

免除崔氏全家祸，全凭张生半纸书。

莺莺(唱)：

若不是张先生识人多，

别一个怎能退干戈。

摆着酒果，

列着笙歌。

烟儿轻轻飘起，

花儿许许送香，

随春风散满帘幕。

救了咱全家祸，

殷勤相谢是正理，
钦敬他呵，
与理正合。

刚在碧纱窗下画了双眉，
拂净了罗衣上的粉尘，
衣服上轻轻地贴了钿窝。
若不是惊醒了人呵，
这时间仍然盖着绣被卧。

红娘（白）：

看，俺小姐今天这个打扮，越显得脸儿细嫩了。张先生真有福气呵！

莺莺（唱）：

顽皮红娘休奉承，
你说我宜打扮的脸儿吹弹得破。

红娘（白）：

俺小姐天生的一个夫人样儿。

莺莺（唱）：

你可休那样啰嗦，
当着人不要信口开河。
知他读书人福命如何？
一个夫人我也做得过。

红娘(白):

往常这两个都害相思病,今天幸而欢喜了。

莺莺(唱):

我相思为他,

他相思为我,

从今后两下里相思都解脱。

该酬贺时当酬贺,

俺母亲也好心多。

红娘(白):

正是小姐和张先生结亲呵,怎么不做大筵席,请亲戚朋友?只安排小宴为何?

莺莺(白):

红娘,你不知道夫人的意思。

莺莺(唱):

她怕我是陪钱货,

酬谢张生与嫁女,

两当一便成合。

凭着他举将除贼功,

也可承受咱家业过活。

纵张罗又费什么?

一古脑便要结丝萝,

算了吧,

晓世故的母亲太虑过，

恐怕花费、张罗。

（莺莺走近房门向里看，为张君瑞所见）

张君瑞（向崔夫人白）：

小生要去更衣。

（退身撞见莺莺）

莺莺（唱）：

门儿外，

帘儿前，

将脚步挪。

目转秋波，

谁想那聪明的人儿早瞧破，

吓得我倒退无处躲，

倒退，无处躲。

（张生与莺莺见礼）

夫人（白）：

小姐上前拜见哥哥！

张君瑞（旁白）：

呀，声息不好了。

莺莺（旁白）：

呀，俺娘变了卦啦。

红娘（旁白）：

这相思又要害定了呵。

莺莺(唱):

吓得我又惊又急脚步难挪,

呆呆地,

无反应!

慌慌张张无对策,

身软无力难坐着。

谁料到这世故的老婆婆,

让莺莺做妹妹拜哥哥。

白茫茫溢起蓝桥水,

勃腾腾烧起祆庙火。

碧澄澄清波,

将俺夫妻拆破,

乱纷纷思绪为何?

扢搭地把双眉锁合。

夫人(白):

红娘去斟热酒,小姐与哥哥敬酒。

莺莺(唱):

我这里颈项低垂,

双眉紧皱,

我的心儿莫奈何,

还说什么"相见话偏多"?

泪眼朦胧,

叹息声声,

顿足怨恨老婆婆,

却摆这酒宴做什么!

(莺莺委屈地擎着酒杯,夫人央劝)

张君瑞(白):

我酒量小,喝不下。

莺莺(白):

红娘,把酒杯接过去。

莺莺(唱):

他其实咽不下玉液金波,

谁料想这婚事变南柯,

泪水偷淹。

暗地里擦湿了香罗帕。

他那里眼倦开颓然就座,

闷恹恹软瘫瘫懒把身挪;

我这里手难抬撑不起肩窝。

相思病沉重,

断然难活。

母亲呀!

只被您葬送了人啊,

可算什么能干的老婆婆。

夫人(白):

再敬一杯!

(红娘斟酒递过)

红娘(与莺莺旁白):

小姐,这烦恼可怎么是了!

莺莺(叹唱):

他而今烦恼还犹可,

怕久后思念怎奈何?

有意想把心里话儿说,

怎奈母亲在身旁坐。

咫尺间如天涯隔断你我。

一杯闷酒强喝过,

低首无言自推托。

他还不甚醉,

却早嫌玻璃酒盏大,

都是因为我,

若酒上心来倒觉可。

夫人(白):

红娘送小姐回卧房去吧!

(莺莺辞张君瑞出)

莺莺(白):

我母亲真是口不应心呵!

莺莺(唱):

老夫人毁约情太薄,
内中心意怎猜破;
背地里将甜话儿把人欺,
请了人来教人不快活。

佳人自来多命薄,
秀才们从来怯懦。
闷坏了摸不着头脑的哥哥,
撇下了我这陪钱货,
到头来可怎么发付我。

刚才还是笑呵呵,
忽然间成了江州司马泪痕多。
若不是一封书信将贼破,
俺一家儿性命怎存活。
他不想结姻缘想什么!
到如今难捉摸。
老夫人说谎比天大,
当日成事也是您,

今日败事也是您，

好一个萧何。

从今后寂寂寡欢，

再无心把胭脂抹，

这相思何时是可？

这相思似昏暗暗的黑海那样深，

似白茫茫的大地那样厚，

似碧悠悠的青天那样阔。

思念他的感情，

如太行山般高仰望，

如东洋海般深思渴。

毒害俺，为什么？

莺莺（白）：

俺娘呀，

莺莺（唱）：

您将颤巍巍的双头花蕊搓，

您将香馥馥的同心结缕带割，

您将长长的连理枝折。

白发母亲不负责，

青春女儿被耽搁，

将俺那美满姻缘蹬脱。

俺娘将甜话儿欺哄了他，

用兄妹的虚名儿误赚了我。

（莺莺下）

张君瑞（白）：

我已经醉了，向您告辞。但在夫人面前，我想说几句心里话，不知是否可以？先时孙飞虎逼迫，夫人宣称，能退贼的人，将莺莺许配他为妻。当时，我挺身而出，写信给杜将军，希望能免去夫人的灾祸。今天我来赴宴，以为会有喜庆的日子，不知夫人为什么以兄妹相待？我不是为吃喝而来，婚事如果不成，我立即告退。

夫人（白）：

先生虽然有救命之恩，怎奈相国在世时莺莺即已许配给我的侄儿郑恒。现在已写信去长安叫他到这里来，还没有见到。如果郑恒来到，这事该怎么办呢？不如多赠先生一些钱财，请另选豪门贵宅女儿求婚，你的心意如何？

张君瑞（白）：

我不是那看重钱财的人，岂不知"书中有女颜如玉"。既然夫人不允，我今日便要告辞了。

夫人（白）：

先住下吧，今天你醉了，红娘快搀哥哥去书房休息，明天别有话说。

（夫人下，红娘扶张君瑞）

张君瑞（念白）：

有分只熬萧寺夜，无缘难遇洞房春。

红娘（白）：

张先生，少吃一盏不好吗？

张君瑞（白）：

我喝什么酒来！

（张君瑞跪红娘）

张君瑞（白）：

为了莺莺小姐，我昼夜废寝忘餐，魂劳梦断，常忽忽若有所失。自寺中一见，隔墙酬和，迎风带月，受了无限苦处。方才有了成就婚姻的希望，夫人又变了卦，使我智竭思穷，这事该什么时候是了！红娘，你无论如何，把我这个意愿告诉莺莺小姐，让她了解我的一片诚心。我就在你面前解下腰上的带子寻个自尽吧。

张君瑞（念白）：

可怜刺骨悬梁志，险作离乡背井魂。

红娘（白）：

您的命真是不值钱哪？张先生不要慌，让我来为您谋划。

张君瑞（白）：

你有什么好办法？我要筑坛拜将。

红娘(白):

我见你有一张琴,一定是会弹奏了。我们莺莺小姐也很喜欢琴。今天晚上我陪小姐同到花园里烧夜香,只听咳嗽为令,先生弹奏一曲。看小姐听到时,说什么,我便将您的话告她。若有什么话说,明天我来回报。这个时候,怕夫人找我,我回去了。

(红娘、张君瑞并下)

八、听 琴

“听琴”为原著第二本第五折。故事写老夫人“赖婚”以后，张生、莺莺无限深情不得倾诉，红娘叫张生用琴声试探莺莺。到了晚上，红娘劝莺莺去烧夜香。莺莺在月下听张生弄琴，琴音引起她感情的共鸣，莺莺不满自己被深锁在闺房的处境，怨恨老夫人赖婚的行为，心中、口中、梦中，无时不思念“影里情郎”张生。两人虽近在咫尺，却如远隔重山，难通消息，这千丝万缕的情思伴随着张生的琴曲在心田盘旋回荡。

唱辞极富节奏感。[天净沙]、[调笑令]、[秃厮儿]诸曲中整齐的排比，铿锵的节奏，响亮的韵脚，巧妙的比喻，构成了强烈的音乐美。作品成功地刻画了莺莺的心理。这场戏正面描写了张生、莺莺的感情契合，也反衬出红娘为张生、莺莺传递消息是对他们感情的真正理解。

(末上云)红娘之言，深有意趣。天色晚也，月儿，你早些出来么！(焚香了)呀，却早发擂也①！……呀，却早撞钟也！(做理琴科)琴呵，小生与足下湖海相随数年，今夜这一场大功，都在你这神品——金徽、玉轸、蛇腹、断纹、峄阳、焦尾、冰弦之上②。天那！却怎生借得一阵顺风，将小生这琴声吹入俺那小姐玉琢成、粉捏就、知音的耳

① 发擂：击鼓。古代用击鼓、撞钟报时。这里指起更。

② 神品：古代鉴赏品评的常用语，指物性、品格超群入神。这里指琴。金徽、玉轸、蛇腹、断纹、峄阳、焦尾、冰弦都说的是琴。金徽：金饰的琴徽。徽是琴面标帜音阶的记号，有十三个。玉轸：玉制的琴轸。轸是校正琴弦音高低的轴。蛇腹、断纹：琴身用梧桐木，木面涂漆，年久，漆面断裂，叫做“断纹”。断纹有很多种，其中一种状如蛇腹横鳞的花纹叫做“蛇腹断纹”。琴以越古越好，漆纹断裂说明年代久长。峄阳：峄山的南面。峄山又名邹山，在山东邹县东南。阳，山之南称阳。通常说峄山南边的梧桐，是制琴的好材料。焦尾：东汉时蔡邕最懂得琴，他见有人用桐木做柴烧饭，就要来桐木制琴，琴尾还有烧焦的痕迹，当时人们把这琴叫焦尾琴(见《后汉书·蔡邕传》)。冰弦：传说最好的琴弦是冰蚕吐的丝，一般把透明的琴弦叫做“冰丝”。

朵里去者！(旦引红上)(红云)小姐，烧香去来，好明月也呵！(旦云)事已无成，烧香何济！月儿，你团圆呵，咱却怎生？

【越调·斗鹌鹑】云剑晴空，冰轮乍涌；风扫残红，香堦乱拥；离恨千端，闲愁万种。夫人那，“靡不有初，鲜克有终①”。他做了个影儿里的情郎，我做了个画儿中的爱宠。

【紫花儿序】则落得心儿里念想，口儿里闲题，则索向梦儿里相逢。俺娘昨日个大开东阁，我则道怎生般炮凤烹龙②，朦胧。可教我“翠袖殷勤捧玉钟③”，却不道“主人情重④”；则为那兄妹排连，因此上鱼水难同⑤。

(红云)姐姐，你看月阑⑥，明日敢有风也。(旦云)风月天边有，人间好事无。

【小桃红】人间看破！玉容深锁绣帏中，怕有人

---

① 靡(mǐ 米)不有初，鲜(xiǎn 显)克有终：有始无终的意思(见《诗经·大雅·荡》)靡，无；鲜，少；克，能。 ② 炮凤烹龙：指山珍海味。李贺《将进酒》中有“烹龙炮凤玉脂泣”的诗句。 ③ 翠袖殷勤捧玉钟：晏叔原《鹧鸪天》中有“彩袖殷勤捧玉钟”的词句。玉钟，玉制的酒杯。 ④ 主人情重：苏轼《满庭芳》中的词句。主人，这里指老夫人。 ⑤ 鱼水：比喻夫妻。 ⑥ 月阑：即月晕，环绕月亮周围的光气，是起风的预兆。

搬弄①。想嫦娥、西没东生有谁共？怨天公②，裴航不作游仙梦。这云似我罗帏数重，只恐怕嫦娥心动，因此上围住广寒宫。

（红作咳嗽科）（末云）来了。（做理琴科）（旦云）这甚么响？（红发科）（旦唱）

【天净沙】莫不是步摇得宝髻玲珑？莫不是裙拖得环佩丁玲？莫不是铁马儿檐前骤风③？莫不是金钩双控，吉丁珰敲响帘栊？

【调笑令】莫不是梵王宫，夜撞钟，莫不是疏竹潇潇曲槛中？莫不是牙尺剪刀声相送④？莫不是漏声长滴响壶铜⑤？潜身再听在墙角东，元来是近西厢理结丝桐⑥。

---

① 搬弄：拨弄、摆布、挑拨。这里指越礼行为。 ② 天公：元代人称天为“天公”。裴航：唐传奇《裴航》中的人物，故事写唐长庆年间，秀才裴航考试落榜，途经蓝桥驿，口渴，遇一织麻老妇，命其孙女云英给他水喝。云英生得极美，裴航欲娶为妻。织麻老妇说必须用玉杵臼为聘，遍访得之，遂结为夫妻，婚后二人入玉峰洞成仙。 ③ 铁马儿：古代屋檐角下挂着的铁铃铛。风吹铁铃摇动，发出响声。 ④ 牙尺：象牙制的尺子。 ⑤ 漏声：铜壶滴漏的声音。壶铜：古代计时器。又称漏壶，或漏刻。在铜器内盛清水，水滴入壶内，壶上有部件，上面刻有符号表示时间，昼夜百刻。 ⑥ 理结丝桐：抚琴。理结，抚弄。丝桐，指琴。古代多用桐木制琴，练丝为弦，故称丝桐。

【秃厮儿】其声壮，似铁骑刀枪冗冗①。其声幽，似落花流水溶溶。其声高，似风清月朗鹤唳空②。其声低，似听儿女语，小窗中，喁喁③。

【圣药王】他那里思不穷，我这里意已通，娇鸾雏凤失雌雄。他曲未终，我意转浓，争奈伯劳飞燕各西东④，尽在不言中。

我近书窗听咱。(红云)姐姐，你这里听，我瞧夫人一会便来。(末云)窗外有人，已定是小姐，我将弦改过，弹一曲，就歌一篇，名曰“凤求凰”⑤。昔日司马相如得此曲成事，我虽不及相如，愿小姐有文君之意。(歌曰)“有美人兮，见之不忘。一日不见兮，思之如狂。凤飞翩翩兮，四海求凰。无奈佳人兮，不在东墙。张弦代语兮，欲诉衷肠。何时见许兮，慰我彷徨？愿言配德兮，携手相将！不得于飞兮，使我沦亡。”(旦云)是弹得好也呵！其词哀，其意切，凄凄然如鹤唳天；故使妾闻之，不觉泪下。

---

① 铁骑(jì 记)：披甲的马，指骑兵。冗冗：繁多。 ② 鹤唳(lì 利)：鹤鸣。 ③ 喁喁(yóng yóng 颙颙)：低语声。 ④ 伯劳飞燕各西东：《玉台新咏·古词〈东飞伯劳歌〉》有“东飞伯劳西飞燕，黄姑(牵牛)织女时相见”的诗句。后称朋友、夫妻别离为劳燕分飞。伯劳，鸟名。又叫子规、杜鹃。 ⑤ 凤求凰：乐府琴曲名。汉代司马相如《琴歌》中有“凤兮凤兮归故乡，遨游四海求其凰”的句子。

【麻郎儿】这的是令他人耳聪，诉自己情衷。知音者芳心自懂，感怀者断肠悲痛。

【幺篇】这一篇与本宫、始终、不同[1]。又不是清夜闻钟[2]，又不是黄鹤醉翁，又不是泣麟悲凤。

【络丝娘】一字字更长漏永，一声声衣宽带松。别恨离愁，变做一弄[3]。张生呵，越教人知重。

（末云）夫人且做忘恩，小姐，你也说谎也呵！（旦云）你差怨了我。

【东原乐】这的是俺娘的机变，非干是妾身脱空[4]；若由得我呵，乞求得效鸾凤[5]。俺娘无夜无明并女工[6]，我若得些儿闲空，张生呵，怎教你无人处把妾身作诵[7]。

【绵搭絮】疏帘风细，幽室灯清，都则是一层儿红纸，几榥儿疏棂[8]，兀的不是隔著云山几万

① 本宫、始终、不同：古代音乐，每个曲子都有固定的“宫调”。张君瑞的凤求凰曲与他前面所弹的琴曲不是同一个宫调。 ② 清夜闻钟：与下两句的“黄鹤醉翁”、“泣麟悲凤”都是古代琴曲名。 ③ 一弄：一曲，也叫一操。 ④ 干：关涉。脱空：说谎。 ⑤ 乞求：巴不得、愿意。 ⑥ 并：催促、催逼。 ⑦ 作诵：作念，念叨。 ⑧ 榥（huàng 晃）：窗格。棂（líng 灵）：窗棂。

重①，怎得个人来信息通？便做道十二巫峰②，
他也曾赋高唐来梦中③。

（红云）夫人寻小姐哩，咱家去来。（旦唱）

【拙鲁速】则见他走将来气冲冲，怎不教人恨匆
匆，唬得人来怕恐。早是不曾转动，女孩儿家
直恁响喉咙。紧摩弄④，索将他拦纵⑤，则恐怕
夫人行把我来厮葬送。

（红云）姐姐则管听琴怎么？张生著我对姐姐说：他回去也。（旦云）好姐姐呵，是必再著他住一程儿！（红云）再说甚么？

（旦云）你去呵：

【尾】则说道夫人时下有人唧哝⑥，好共歹不著
你落空。不问俺口不应的狠毒娘，怎肯著别离
了志诚种⑦？（并下）

---

① 隔著云山几万重：李商隐《无题》诗里有“刘郎已恨蓬山远，更隔蓬山一万重”的诗句。 ② 便做道：即使是。十二巫峰：在四川湖北两省边境的巫山中。巫山有十二峰：独秀峰、笔峰、集仙峰、起云峰、登龙峰、望霞峰（神女）、聚鹤峰、栖凤峰、翠屏峰、盘龙峰、松峦峰、仙人峰。其中以神女峰最奇。
③ 赋高唐来梦中：用宋玉《高唐赋》楚王与巫山神女相会的故事。
④ 摩弄：磨蹭、拖延。这里有调哄的意思。 ⑤ 索：须、得、应。拦纵：拦阻。 ⑥ 唧哝：唧唧哝哝。小声说话，这里是说有人多话的意思。 ⑦ 志诚种：是宋元时的习用语。指用情专一。

【络丝娘煞尾】不争惹恨牵情斗引①，少不得废寝忘餐病证。

【翻译】

（张君瑞上）

张君瑞（白）：

红娘的话极有道理。天色晚了，月儿呵，你早些出来吧！

（张君瑞焚香）

呀，已经击鼓了。呀，已经撞钟了。

（张君瑞温习琴曲）

张君瑞（白）：

琴呵，我与你湖海相随多年，今夜这一场大功，都只在你身上。天哪！怎么借得一阵顺风，将我这琴声吹入俺那小姐玉琢成、粉捏就知音的耳朵里去呵！

（莺莺、红娘上）

红娘（白）：

小姐，烧香去吧，多好的月亮呵！

莺莺（白）：

事已不成，烧香有什么用！月儿，你团圆了呵，咱又

---

① 不争：只为。

怎么办？

莺莺（唱）：

云收万里晴空，

圆月初升，

晚风吹扫着落红，

石阶上花瓣儿堆拥；

离恨千端，

闲愁万种。

莺莺（白）：

夫人哪！

“靡不有初，鲜克有终”。

他做了个影儿里的情郎，

我做了个画儿里的爱宠。

只落得心儿里念想，

口儿里空题，

只能到梦儿里相逢。

俺娘昨日宴请张生，

我只道怎样的炮凤烹龙！

心儿里朦胧，

只教我翠袖殷勤捧玉钟，

原来说不上是母亲情重。

只为了兄妹相称，

因此上婚姻难成功。

红娘（白）：

小姐，你看月晕，明天莫不是要有风呵？

莺莺（白）：

风月天边有，人间好事无。

莺莺（唱）：

看人间吧！

把人深锁绣房中，

怕有人欺弄。

想嫦娥，

西落东升谁陪共。

怨天公，

为何张生难做裴航游仙梦。

这云层似我房中罗帏数重，

只怕我春心动，

像嫦娥被云层围住广寒宫。

（红娘故意咳嗽）

张君瑞（白）：

来了。

（张君瑞弹琴）

莺莺（白）：

这是什么声响？

（红娘笑）

莺莺（唱）：

莫不是走路摇得发髻上簪钗响玲珑？

莫不是裙拖得佩玉丁珍？

莫不是铁马儿檐前遇骤风？

莫不是窗帘上的金钩，

叮叮当当敲响帘栊？

莫不是梵王宫夜撞钟？

莫不是疏竹潇潇曲栏中？

莫不是牙尺剪刀声相送？

莫不是漏声长滴响壶铜？

潜身细听在墙东，

原来是靠近西厢有人理丝桐。

那声音雄壮，

似铁骑奔驰刀枪挥动；

那声音幽雅，

似流水卷落花声溶溶；

那声音高亢，

似风清月朗鹤唳空；

那声音低细，
似听儿女语，
小窗中细语喁喁。

他那里思无穷，
我这里意已通，
娇鸾雏凤失雌雄；
他曲未终，
我意转浓，
怎奈相恋的人儿各西东。
满腹心事尽在不言中。

莺莺（白）：

我靠近书窗去听一听。

红娘（白）：

小姐，你在这里听，我去瞧夫人，一会儿就来。

张君瑞（白）：

窗外有人，一定是莺莺小姐。我将琴弦改过，弹一曲，随着唱一篇，名叫《凤求凰》。想当初，司马相如因这一曲成就好事，我虽不及相如，但愿莺莺小姐有卓文君的情意。（歌曰）："有美人兮，见之不忘。一日不见兮，思之如狂。凤飞翩翩兮，四海求凰。无奈佳人兮，不在东墙。张弦代语兮，欲诉衷肠。何时见许兮，慰我彷徨？

愿言配德兮，携手相将！不得于飞兮，使我沦亡。”

莺莺(白)：

弹得真好呵！歌辞哀怨，情意深切，凄凄然如鹤在天空悲鸣，听后不觉使人落泪。

莺莺(唱)：

这的确是使他人耳明，
诉自己衷情，
知音者芳心自懂，
感怀者断肠悲痛。

这一曲与前曲的宫调不同，
又不是清夜闻钟，
又不是黄鹤醉翁，
又不是泣麟悲凤。

一字字令人悲怨，恨更长夜永，
一声声令人愁苦，觉衣宽带松。
别恨离愁，
变成一弄。

莺莺(白)：

张生呵，

莺莺(唱)：

越叫人知重。

张君瑞(白):

即使夫人忘恩,小姐,你也说谎吗?

莺莺(白):

你错怨了我呵。

莺莺(唱):

这都是俺娘的心计多变,

不是我莺莺说谎,

若由得我呵,

巴不得把良缘成。

俺娘不分日夜催逼做女工,

我若得些儿闲空,

莺莺(白):

张生呵!

莺莺(唱):

怎教你无人处把我念诵。

疏帘上吹着微风,

幽室内灯光冷清,

都只是隔着一层红纸,

几个稀疏的窗棂,

这又不是隔着云山几万重,

怎得个人来把信息通？

即使是隔着巫山十二峰，

他也曾相会于梦中。

红娘（白）：

夫人找小姐哩，咱回家去吧！

莺莺（唱）：

只见她走了来气冲冲，

怎不教人怨恨生，

吓得人害怕惊恐。

幸而不曾走动，

女孩儿家这样的大声，

我赶紧把她调哄，

必须将她拦纵，

只怕她在夫人那边，

把我葬送。

红娘（白）：

小姐，只管在这里听琴干什么？张生让我对您说，他要回去了。

莺莺（白）：

好姐姐，你见着他呵，一定再让他住一段时间。

红娘（白）：

再说什么？

莺莺（白）：

你去呵。

莺莺（唱）：

只说道夫人面前此时有人唧哝，

好歹不让你落空。

任凭俺那狠毒娘口不应心。

怎肯离开你这志诚种？

（莺莺、红娘、张生并下）

舞台内（伴唱）：

只为琴音逗引得惹恨牵情，

少不得废寝忘食害相思病。

九、闹　简

“闹简”为原著第三本第二折，略有删节。红娘奉莺莺之命问候张生，带回张生的书简。莺莺见后心情激荡，却又掩饰内心的真情，突然发怒。红娘随机应变，促使莺莺在爱情上行动更坚决。莺莺听了红娘诉说张生被相思折磨的苦况，外表一本正经，却又写了一封书信暗约张生相会。

这折戏由红娘主唱，作品通过红娘的眼睛去看莺莺和张生，揭示出莺莺对张生的爱情，表面上表现出“假意儿”，而内心十分炽热；张生则外在表现为“风魔”情状，情意却非常志诚；同时又刻画红娘的机敏、幽默和热心肠。语言既具有性格特点，又具有行动性，曲、白俱佳。

(旦上云)红娘伏侍老夫人不得空便①，偌早晚敢待来也②。起得早了些，困思上来，我再睡些儿咱。(睡科)(红上云)奉小姐言语去看张生，因伏侍老夫人，未曾回小姐话去。不听得声音，敢又睡哩！我入去看一遭。

【中吕·粉蝶儿】风静帘闲，透纱窗麝兰香散，启朱扉摇响双环③。绛台高④，金荷小⑤，银釭犹灿⑥。比及将暖帐轻弹，先揭起这梅红罗软帘偷看。

【醉春风】则见他钗亸玉斜横，髻偏云乱挽。日高犹自不明眸，畅好是懒、懒⑦。(旦做起身长叹科)(红唱)半晌抬身，几回搔耳，一声长叹。

我待便将简帖儿与他⑧，恐俺小姐有多少假处哩。我则将这简帖儿放在妆盒儿上，看他见了说甚么。

(旦做对镜科，见帖看科)(红唱)

【普天乐】晚妆残，乌云亸，轻匀了粉脸，乱挽起云鬟。将简帖儿拈，把妆盒儿按，开拆封皮孜

---

① 空便：空闲。 ② 偌(ruò 弱)：这。敢待：将要。 ③ 扉(fēi 非)：门扇。 ④ 绛台：绛红色的灯台。 ⑤ 金荷：灯台上接灯油的铜檠。 ⑥ 银釭(gāng 缸)：油灯。 ⑦ 畅好是：亦作“畅是”，甚是的意思。 ⑧ 简帖儿：书信。

孜孜看，颠来倒去不害心烦。(旦怒叫)红娘！(红做意云)呀，决撒了也[①]！厌的早扢皱了黛眉。(旦云)小贱人，不来怎么！(红唱)忽的波低垂了粉颈，氲的呵改变了朱颜[②]。

(旦云)小贱人，这东西那里将来的？我是相国的小姐！谁敢将这简帖来戏弄我？我几曾惯看这等东西？告过夫人，打下你个小贱人下截来。(红云)小姐使将我去，他著我将来。我不识字，知他写著甚么？

【快活三】分明是你过犯，没来由把我摧残；使别人颠倒恶心烦[③]。你不"惯"？谁曾"惯"？

姐姐休闹，比及你对夫人说呵，我将这简帖儿去夫人行出首去来。(旦做揪住红科)我逗你耍来。(红云)放手，看打下下截来。(旦云)张生近日如何？(红云)我则不说。(旦云)好姐姐，你说与我听咱！(红唱)

【朝天子】张生近间，面颜，瘦得来实难看。不思量茶饭，怕见动弹；晓夜将佳期盼，废寝忘餐。黄昏清旦，望东墙淹泪眼。(旦云)请个好太医看他证候咱。(红云)他证候吃药不济。病患、要安，则除是出几点风流汗。

---

① 决撒：败露、坏事、出漏子。 ② 氲(yūn 晕)：云气。这里形容怒气。 ③ 别人：我。如同现在的"人家"，实指自己。

（旦云）红娘，不看你面呵，我将与老夫人，看他有何目面见夫人？虽然我家亏他，只是兄妹之情，焉有外事。红娘，早是你口稳哩；若别人知呵，甚么模样。（红云）你哄著谁哩！你把这个饿鬼弄的他七死八活，却要怎么？

【四边静】怕人家调犯①，早共晚夫人见些破绽②，你我何安。问甚么他遭危难？撺断得上竿③，掇了梯儿看。

（旦云）将描笔儿过来④，我写将去问他，著他下次休是这般。（旦做写科）（起身科云）红娘，你将去说："小姐看望先生，相待兄妹之礼，如此非有他意。再一遭儿是这般呵，必告夫人知道。"和你个小贱人都有说话。（旦掷书下）（红唱）

【脱布衫】小孩儿家口没遮拦，一迷的言语摧残⑤。把似你使性子⑥，休思量秀才，做多少好人家风范。（红做拾书科）

【小梁州】他为你梦里成双觉后单，废寝忘餐。

---

① 调（tiáo 迢）犯：讥刺、说闲话。② 早共晚：早晚。③ 撺（cuān 氽）断：怂恿的意思。应作"撺掇"。④ 描笔儿：女子描花的笔。⑤ 一迷的：一味的。⑥ 把似：与其、既要。

罗衣不奈五更寒[①]，愁无限，寂寞泪阑干[②]。

【幺篇】似这等辰勾空把佳期盼[③]，我将这角门儿世不曾牢拴[④]，则愿你做夫妻无危难。我向这筵席头上整扮[⑤]，做一个缝了口的撮合山[⑥]。

（红云）我若不去来，道我违拗他。那生又等我回报；我须索走一遭。（下）

（末上云）那书倩红娘将去，未见回话。我这封书去，必定成事。这早晚敢待来也。（红上）须索回张生话去。小姐，你性儿忒惯得娇了；有前日的心，那得今日的心来？

【石榴花】当日个晚妆楼上杏花残，犹自怯衣单。那一片听琴心清露月明间，昨日个向晚，不怕春寒，几乎险被先生馔[⑦]，那其间岂不胡颜[⑧]。为一个不酸不醋风魔汉，隔墙儿险化望

---

① 罗衣不奈五更寒：李后主《浪淘沙》里有“罗衾不耐五更寒”句。 ② 阑干：纵横貌。白居易《长恨歌》：“玉容寂寞泪阑干，梨花一枝春带雨”。 ③ 辰勾：《广雅》记载“辰星谓之勾星”，所以也叫“辰勾”。是一种难见的星辰。 ④ 世：长时间，从来。世不曾，从不曾。 ⑤ 整扮：装扮整齐。 ⑥ 撮合山：媒人。 ⑦ 先生馔（zhuàn 赚）：《论语·为政》：“有酒食，先生馔。”这里借来用作调侃、嘲笑。 ⑧ 胡颜：羞愧无颜、丢人。

夫山①。

【斗鹌鹑】你用心儿拨雨撩云，我好意儿传书寄简。不肯搜自己狂为②，则待要觅别人破绽。受艾焙权时忍这番③，畅好是奸。“张生是兄妹之礼，焉敢如此！”对人前巧语花言；——没人处便想张生，——背地里愁眉泪眼。

（红见末科）（末起云）小娘子来了？擎天柱④，大事如何了也？（红云）不济事了，先生休傻。（末云）小生简帖儿是一道会亲的符箓，则是小娘子不用心，故意如此。（红云）我不用心？有天哩！你那简帖儿好听！

【上小楼】这的是先生命悭，须不是红娘违慢。那简帖儿到做了你的招伏⑤，他的勾头⑥，我的公案。若不是觑面颜，厮顾盼，担饶轻慢⑦。先生受罪，礼之当然。贱妾何辜？争些儿把你娘

---

① 望夫山：在安徽当涂县西北。民间传说称：有一个久出未归的人，他的妻子天天上山盼望他归来，后来这个妇女化作一块石头（《嘉庆一统志》）。这里用以形容莺莺想念张生。 ② 搜：检查。 ③ 艾焙：用针灸治病时，需要用点着的艾草烤热患处。 ④ 擎天柱：古代神话传说称昆仑山顶有铜柱支撑着天，叫做“天柱”，这里指红娘。 ⑤ 招伏：自供状。 ⑥ 勾头：拘捕罪犯的勾头文书。即指拘票、证据。 ⑦ 担饶：宽恕。

拖犯①。

【幺篇】从今后相会少，见面难。月暗西厢，凤去秦楼②，云敛巫天。你也赸③，我也赸，请先生休讪④，早寻个酒阑人散。

(红云)只此再不必申诉足下肺腑，怕夫人寻，我回去也。(末云)小娘子此一遭去，再著谁与小生分剖；必索做一个道理，方可救得小生一命。(末跪下揪住红娘科)(红云)张先生是读书人，岂不知此意，其事可知矣。

【满庭芳】你休要呆里撒奸⑤；你待要恩情美满，却教我骨肉摧残。老夫人手执著棍儿摩娑着，粗麻线怎透得针关。直待我拄著拐帮闲钻懒，缝合唇送暖偷寒。待去呵，小姐性儿撮盐入火⑥。消息儿踏著泛⑦；待不去呵——(末跪哭云)小生这一个性命，都在小娘子身上。(红唱)禁不得你甜话儿热趱⑧，好著我两下里做人难。

---

① 你娘：红娘自称。 ② 凤去秦楼：民间传说称秦穆公把女儿弄玉嫁给萧史，萧史教弄玉吹箫，后来两人骑凤凰飞上天去(见《列仙传》)。 ③ 赸(shàn 擅)：走开、躲开。 ④ 讪(shàn 汕)：埋怨、怨谤。 ⑤ 呆里撒奸：即外貌忠实，内里藏奸。⑥ 撮盐入火：将盐放入火中立即爆炸，比喻性情急躁。⑦ 消息儿踏著泛：机关的枢纽，叫消息，或称“泛子”，简称“泛”。误踏了就中了泛子。 ⑧ 热趱(zǎn 昝)：紧紧催逼。

我没来由分说！小姐回与你的书，你自看者。（末接科，开读科）呀，有这场喜事！撮土焚香，三拜礼毕。早知小姐简至，理合远接，接待不及，勿令见罪！小娘子，和你也欢喜。（红云）怎么？（末云）小姐骂我都是假。书中之意，著我今夜花园里来，和他"哩也波，哩也啰"哩①。（红云）你读书我听。（末云）是四句诗：待月西厢下，迎风户半开，隔墙花影动，疑是玉人来。（红云）怎见得他著你来？你解与我听咱。（末云）"待月西厢下"，著我月上来。"迎风户半开"，他开门待我。"隔墙花影动，疑是玉人来"，著我跳过墙来。（红笑云）他著你跳过墙来，你做下来。端的有此说么？（末云）俺是个猜诗谜的社家②，风流隋何③，浪子陆贾④，我那里有差的勾当。（红云）你看我姐姐，在我行也使这般道儿⑤。

【耍孩儿】几曾见寄书的颠倒瞒著鱼雁⑥，小则小心肠儿转关。写著道"西厢待月"等得更阑，

① 哩也波，哩也啰：哩啰为歌曲末尾的腔声，有音无义。这里代替说不出口的话（是指男女合欢的讳词）。② 社家：元代猜谜语的团体叫"商社"，这里是张生自称为猜诗谜的专家。③ 隋何：汉初的谋士，以说降楚将黥布得名。④ 陆贾：汉初谋士，以劝说南越王赵佗内附而得名。⑤ 道儿：心眼儿。⑥ 鱼雁：书信。古代传说有鱼腹藏信，鸿雁传书之说，因指书信。

著你跳东墙"女"字边"干"①。元来那诗句儿里裹包笼著三更枣②,简帖儿里埋伏著九里山③。他著紧处将人慢,您会云雨闹中取静,我寄音书忙里偷闲。

【四煞】纸光明玉板④,字香喷麝兰,行儿边湮透非春汗?一缄情泪红犹湿,满纸春愁墨未干。从今后休疑难,放心波玉堂学士,稳情取金雀鸦鬟⑤。

【三煞】他人行别样亲,俺根前取次看⑥,更做道孟光接了梁鸿案⑦。别人行甜言美语三冬暖,我根前恶语伤人六月寒。我为头儿看:看你个

① "女"字边"干":即"奸"字。指男女私会。 ② 三更枣:隐语"三更早"。"更"通"粳","早"通"枣"。佛教传说,禅宗五祖弘忍传法给六祖慧能时,交给慧能三粒粳米和一个枣子。慧能明白了弘忍是叫他在三"更"的时候,"早"些去。 ③ 九里山:楚汉相争中,韩信在九里山前摆六十四卦阵,设十面埋伏,战败楚霸王项羽,此事不见于《史记》是小说家言。元剧有《九里山十面埋伏》,今已不传。这里借指计策。 ④ 玉板:宣纸中的一种,质地最光洁白细。 ⑤ 稳情:保证。金雀:金雀钗。鸦鬟:发髻。这里的"金雀鸦鬟"代指崔莺莺。 ⑥ 取次看:小看,轻视。 ⑦ 更做道:语意近"简直是",含有更甚的意思。孟光接了梁鸿案:汉代梁鸿和他的妻孟光感情很好,二人隐居霸陵山中。吃饭时,孟光举案齐眉,表示对丈夫的敬爱(见《后汉书》)。这里反用其意,讽刺莺莺主动与张生约会。

离魂倩女①，怎发付掷果潘安②。

（末云）小生读书人，怎跳得那花园过？（红唱）

【二煞】隔墙花又低，迎风户半拴，偷香手段今番按③。怕墙高怎把龙门跳④，嫌花密难将仙桂攀。放心去，休辞惮；你若不去呵，望穿他盈盈秋水⑤，蹙损他淡淡春山⑥。

（末云）小生曾到那花园里，已经两遭，不见那处好；这一遭知他又怎么？（红云）如今不比往常。

【煞尾】你虽是去了两遭，我敢道不如这番。你那隔墙酬和都胡侃⑦，证果的是今番这一简⑧。

---

① 离魂倩女：唐代陈玄祐《离魂记》叙张镒将女儿倩娘许嫁王宙后又将女儿另许他人，王宙怀恨而去，倩女的魂灵追随王宙到了四川，一起生活五年，生二子。后回到倩女家，其父张镒大惊，倩女的身躯一直在闺房病卧，这时魂与躯壳合为一体（见《太平广记》）。元代郑光祖有《倩女离魂》杂剧，这里代指莺莺。 ② 掷果潘安：传说晋代的潘安，貌美，每当坐车在街上行走时，路旁便有许多妇女都把果子掷向潘安的车子，表示爱慕（见《世说新语》）。这里代指张君瑞。 ③ 按：实验，实行。 ④ 龙门：传说黄河的鲤鱼跃过龙门，即变为龙。人们常用这一传说比喻读书人科举及第。 ⑤ 秋水：又称“秋波”，代指眼睛，形容其如秋水一样清澈。 ⑥ 春山：眉毛。形容其如春山一样秀长。 ⑦ 胡侃：瞎胡扯。侃，调侃。 ⑧ 证果：佛教语，称求道的人，修炼日久，悟入妙道为“证果”。这里是借喻张生与莺莺好事成就。

(红下)

(末云)[1]万事自有分定,谁想小姐有此一场好处。今日颓天百般的难得晚[2]。天!你有万物于人,何故争此一日?疾下去波!读书继晷怕黄昏,不觉西沉强掩门;欲赴海棠花下约,太阳何苦又生根?(看天云)呀,才晌午也!再等一等。(又看科)今日万般的难得下去也呵。碧天万里无云,空劳倦客身心,恨杀太阳贪战[3],不教红日西沉!呀,却早倒西也,再等一等咱。无端三足乌[4],团团光烁烁;安得后羿弓[5],射此一轮落!谢天地!却早日下去也!……呀,却早发擂也!……呀,却早撞钟也!拽上书房门,到得那里,手挽著垂杨滴流扑跳过墙去[6]。(下)

---

① 此前删去一段说白。 ② 颓(tuí 推阳平):此为骂詈的言辞。 ③ 太阳贪战:神话传说称:鲁阳公与韩构交战正激烈的时候,天色已晚,太阳西沉,鲁阳公举戈一挥,太阳退回九十里。见《淮南子·冥览训》。 ④ 三足乌:指太阳。神话传说称:太阳里有三只脚的金色乌鸦。见《淮南子·精神训》高诱注。 ⑤ 后羿(yì 亿)弓:神话传说,尧时天上有十个太阳一起升起,把草木都晒焦了。尧命令射箭的能手羿,射落了九个太阳(见《淮南子·本经训》)。后羿,即羿。 ⑥ 滴流扑:象声词。形容从高处向低处投掷的声音。

【翻译】

（莺莺上）

莺莺（白）：

红娘服侍老夫人，不得空闲，这早晚大约快要来了。今天起得早了一些，现在又困上来了，我再睡一会吧！

（莺莺睡，红娘上）

红娘（白）：

奉小姐吩咐去看张生，因服侍老夫人，还没有向小姐回话。听不见声音，一定是又睡了，我进去看一看。

红娘（唱）：

风静帘幕闲，
兰麝的香气透过纱窗发散，
开朱门摇响了门上的双环。
绛红色的灯台高，
金色的铜檠小，
灯光犹灿烂。
还没把暖帐轻轻掀，
先揭起这梅红罗做的软帘偷看。

只见她钗垂玉簪横，
髻偏发乱挽。
太阳高升还睁不开双眸，

真是懒、懒。

(莺莺起身长叹)

红娘(唱):

半晌抬身,

几回搔耳,

一声长叹。

红娘(白):

我要把书信给她,又怕小姐有许多做作。我只把它放在梳妆盒上,看她见了说什么。

(莺莺照镜,见信)

红娘(唱):

晚妆已残,

发髻垂亸,

轻匀了粉脸,

乱挽起云鬟,

把书信儿拈,

把妆盒儿按,

拆开封皮注意看,

颠来倒去不怕心烦。

(莺莺发怒)

莺莺(怒叫):

红娘!

（红娘惊异）

红娘（白）：

呀！坏事啦。

红娘（唱）：

只见她厌恶得早皱起双眉。

莺莺（白）：

小贱人，怎么不过来！

红娘（唱）：

她忽然低垂下项颈，

怒气顿生呵变了脸。

莺莺（白）：

小贱人，这书信哪里拿来的？我是相国的小姐，谁敢拿这书信戏弄我，我什么时候见惯这样的东西？告诉夫人，打断你下半截身子来。

红娘（白）：

小姐叫我去看张生，他叫我拿来的。我不识字，知道他写的什么？

红娘（唱）：

分明是你的过错，

无缘无故把我摧残，

使别人翻来覆去害心烦，

这种事你不习惯，

谁曾习惯？

红娘（白）：

小姐不要生气，与其您对夫人说呵，不如我拿着这封信到夫人那里去。

（莺莺拉住红娘）

莺莺（白）：

我是和你逗着玩的。

红娘（白）：

放手，看打断下半截身子来。

莺莺（白）：

张生这两天如何？

红娘（白）：

我就是不说。

莺莺（白）：

好姐姐，你说与我听呀！

红娘（唱）：

张生近来面容瘦得实难看。

不思吃茶饭。

懒得动弹，

日夜将佳期盼，

废寝忘餐。

黄昏晨旦，

他望着咱这东墙泪淹双眼。

莺莺(白):

请个好医生为他看看吧。

红娘(白):

他的病吃药不管事。

红娘(唱):

病患要安,

除非是出几点风流汗。

莺莺(白):

红娘,不看你的面子啊,我拿这信给老夫人看,看他有什么脸去见夫人?虽然我家亏待了他,只是兄妹之情,岂有其他的事情。红娘,幸亏你口稳哩!若是别人知道呵,成什么样子。

红娘(白):

你哄着谁哩!你把这张生弄得七死八活,还要怎么?

红娘(唱):

怕人家说闲话,

早晚夫人会看出破绽,

你我怎能得安。

问什么他遭危难?

撺掇得人家上了高竿,

又撤了梯儿看。

莺莺(白):

把描花的笔拿过来,我写信去回答他,让他下次不要这样。

(莺莺写信、站起)

莺莺(白):

红娘,你拿去告诉他:"小姐看望先生,以兄妹之礼相待,这没有其他的意思。下次还是这样的话,一定要告诉老夫人。"连同你这个小贱人都有话说。

(莺莺将书信掷在地上,下)

红娘(唱):

女孩儿家的嘴没有遮拦,
一味的用言语把人伤残。
你既要使性子,
就不如不思念张秀才,
做些好人家的风范。
(红娘将信拾起)

他为你梦里成双醒后孤单,
废寝忘餐。
罗衣耐不住五更寒,
愁闷无限,

痛苦的泪水流满面。

像等待难见的星星，
他空把佳期盼，
我将这角门儿从不曾牢拴，
只愿你做夫妻无危难。
我准备在这结婚筵席上整齐地打扮，
做一个不走露消息的撮合山。

红娘(白)：

我若不去呢，又说我违拗他，那张生又等着我回话儿。我还是得去一趟。

(红娘下，张君瑞上)

张君瑞(白)：

那信请红娘拿去，还没有回话儿，我这信一送去，必定成事。这时候，红娘大概要来了。

(红娘上)

红娘(白)：

必须得给张先生回话去。小姐呵，你的性儿惯得太娇了，既有前日探问张先生的心，怎么又写信拒绝张先生呢？

红娘(唱)：

当日楼上梳妆正值杏花残，

还怕衣着单。

倾心听琴立在清露明月间，

昨天夜晚，

又不怕春寒，

险些儿被张生赚，

那时候岂不羞惭。

为一个酸溜溜风流发狂汉，

隔墙儿险化做了望夫山。

你用心儿谈情爱将他引，

我好意儿传书寄简。

不肯检查自己轻狂的行为，

反而要找别人的破绽。

受尽责难，

我暂时忍受这一番，

真是你心里藏奸。

（红娘摹仿莺莺的话）

红娘（白）：

“张生是兄妹之礼，焉敢如此！”

红娘（唱）：

对人前巧语花言，

红娘（白）：

没人处便想张生，

红娘（唱）：

背地里愁眉泪眼。

（红娘见张君瑞）

张君瑞（白）：

红娘来了，擎天柱呵！大事如何？

红娘（白）：

不济事了，先生不要犯傻。

张君瑞（白）：

我的书信是一道会亲的符箓。只是你不用心，故意如此。

红娘（白）：

我不用心？有天理哩，你那书信写得好！

红娘（唱）：

这的确是先生命运悭，

并不是红娘敢怠慢。

那封信倒做了你自供的罪状，

她的证据，

我的公案。

若不是看你的颜面，

互相顾盼，

怎宽恕你的无礼轻慢。

红娘(白):

你先生受罪,礼之当然。我有什么罪呵?

红娘(唱):

差点儿把你的老娘牵连。

从今后相会少,见面难,

明月不再照西厢,

凤去秦楼,

云敛巫山,

事已无成难回挽。

你也走开,

我也走开,

早寻个酒阑人散。

红娘(白):

事情就这样了,您不必再说什么啦,怕老夫人找我,我该回去了。

张君瑞(白):

红娘!你这一走!再教谁帮我,你必须想个主意,才能救我一命。

(张君瑞跪下,揪住红娘)

红娘(白):

张先生,您是读书人,岂不知道,这种事已不言自明了，还有什么可说的呢。

红娘（唱）：

你休要外貌忠实内里藏奸，

你想要与小姐恩情美满，

却叫我皮肉受摧残。

夫人抚摸着打人的棍子留心看，

粗麻线怎穿得过小针眼，

直等我拄着拐杖去帮忙，

把嘴缝上还为你们送暖偷寒。

红娘（白）：

打算去呵，小姐的性儿似撮盐入火的躁。

红娘（唱）：

像踏着消息儿误中机关太冒险；

红娘（白）：

打算不去呵，

（张君瑞跪哭）

张君瑞（白）：

红娘，我这性命都仰仗你了。

红娘（唱）：

禁不起你好话儿紧催逼，

好教我两下里做人难。

红娘（白）：

呃！我何必没来由和你分辩，这是小姐给你的回信，你自己看吧！

（红娘将信递给张君瑞，张君瑞接信看）

张君瑞（白）：

呀！有这样的喜事，撮土焚香，三拜礼毕。早知小姐书信到，理当远接，接待不及，请勿怪罪！红娘呵，连你也欢喜哩！

红娘（白）：

怎么回事。

张君瑞（白）：

小姐骂我，都是假的，她信中说让我今夜到花园里来，和她相会哩。

红娘（白）：

你把信读一下，我听听。

张君瑞（白）：

是四句诗："待月西厢下，迎风户半开，隔墙花影动，疑是玉人来。"

红娘（白）：

怎见得她让你来呢？给我讲解一下呀。

张君瑞（白）：

"待月西厢下"是说让我在月亮上来的时候去会面；"迎风半户开"是说她开门等我；"隔墙花影动，疑是玉人来”是让我跳过墙来。

红娘(笑白):

她让你跳过墙来,让你这样做来,真的有这话么?

张君瑞(白):

我是个猜诗迷的行家,像那风流隋何,浪子陆贾。哪里会有猜错的事呢?

红娘(白):

你看我们小姐,在我面前也这样耍心眼儿。

红娘(唱):

何曾见寄书的倒瞒着鱼雁,
她年纪虽然小,
心眼儿会拐弯。
信儿上,写着月亮升起西厢见,
直等到夜深更阑。
着你跳东墙“女”字边加“干”。
原来那诗句包藏着三更早,
书信里埋伏着九里山。
她紧要处将人慢,
您欢会闹中取静,
我传递书信忙里偷闲。

白细光洁的宣纸,

字间犹有墨香散，

行儿边湿透的非春汗，

信上的情泪红犹湿，

满纸春愁墨未干。

从今后休疑难，

放心吧张学士，

定能与莺莺结成姻缘。

她在张生面前别样的亲，

俺跟前忒轻看，

孟光倒先接了梁鸿案。

别人行甜言美语三冬暖，

我跟前恶语伤人六月寒。

我从头儿看，

看你个离魂倩女，

怎发付掷果潘安。

张君瑞（白）：

我是读书人，怎能跳得过那花园的墙呢？

红娘（唱）：

隔墙花又低，

迎风门半拴，

偷情手段今日用，

怕墙高怎把龙门跳，

嫌花密难将月中桂枝攀。

放心去，

休辞惮。

红娘(白)：

你若不去呵，

红娘(唱)：

望穿她盈盈秋水，

皱坏她淡淡春山。

张君瑞(白)：

我曾两次到那花园里，都没有好结果，这一次又不知会怎样?

红娘(白)：

这次与往常不同。

红娘(唱)：

你虽是去了两遭，

我敢说不如这番。

你那隔墙酬和都胡侃，

成正果的是今天这一简。

(红娘下)

张君瑞(白)：

万事自有天定，谁想莺莺小姐有这一片好意。今日这可恶的老天爷，这么难得黑。天啊，你用万物恩赐于人，为什么会流连这一天？太阳啊，你快落下去吧！往日读书怕黄昏，不觉西沉强掩门；欲赴海棠花下约，太阳何苦又生根？

（张君瑞仰头望天）

张君瑞（白）：

呀，才是晌午呵！再等一等。

（张君瑞又看天）

张君瑞（白）：

今天太阳下去的这么慢哪！碧天万里无云，空劳倦客身心，恨死鲁阳贪战，不教红日西沉。呀！太阳已经偏西了，再等一等吧！没有道理的太阳，圆圆地闪闪发光。怎得后羿弓，射落这一轮红日。谢天谢地，太阳已经下去了。呀！已经击鼓了！呀，已经撞钟了！关上书房门，到了那里，手握着垂杨，扑通一下跳过墙去。

（张君瑞下）

十、逾 墙

“逾墙”为原著第三本第三折，略有删节。这场戏写莺莺寄诗约张生相会，但当张生如约赴会，跳过墙去时，莺莺却突然翻脸赖简，将张生训斥一番之后走开。张生无奈只好含怨而去。这场戏既写出了莺莺在宗法社会和礼教的重重压力下，对自主婚姻的复杂、矛盾心理，又生动地表现了张生对莺莺热烈而又大胆的追求。张生冒着风险，逾墙与莺莺相会，希望能与莺莺“有情人终成眷属”。但当莺莺变卦后，他宁愿忍受委屈，也不愿伤害他所爱的人。把张生对莺莺执着不渝、诚实不欺的爱情，描写得极为形象深刻。莺莺约张生相会，却瞒着红娘；红娘已从张生那里了解了简帖的内容，正等着看莺莺怎样“发付”张生；张生一心赴约，全然没有想到可能发生的一切，这样就巧妙地构成矛盾冲突，有着强烈的喜剧效果。

（红上云）今日小姐著我寄书与张生，当面偌多般假意儿①，元来诗内暗约著他来。小姐也不对我说，我也不瞧破他，则请他烧香。今夜晚妆处比每日较别②，我看他到其间怎的瞒我？（红唤科）姐姐，俺烧香去来。（旦上云）花阴重叠香风细，庭院深沉淡月明。（红云）今夜月明风清，好一派景致也呵！

【双调·新水令】晚风寒峭透窗纱，控金钩绣帘不挂。门阑凝暮霭，楼角敛残霞。恰对菱花③，楼上晚妆罢。

【驻马听】不近喧哗，嫩绿池塘藏睡鸭；自然幽雅，淡黄杨柳带栖鸦④。金莲蹴损牡丹芽，玉簪抓住荼蘼架。夜凉苔径滑，露珠儿湿透凌

---

① 偌（ruò 弱）：如此。 ② 较别：差别、很不一样。 ③ 菱花：菱花镜。古代的镜子是铜制的，映日则发光，其影如菱花。 ④ 淡黄杨柳带栖鸦：北宋时贺方回《减字浣溪沙》里的词句。

波袜①。

我看那生和俺小姐巴不得到晚。

【乔牌儿】自从那日初时想月华，捱一刻似一夏；见柳梢斜日迟迟下，早道"好教贤圣打"②。

【搅筝琶】打扮的身子儿乍③，准备著云雨会巫峡。只为这燕侣莺俦，锁不住心猿意马。不则俺那姐姐害，那生呵！二三日来水米不粘牙，因姐姐闭月羞花。真假这其间性儿难按纳④，一地里胡拏。

姐姐，这湖山下立地，我开了寺里角门儿。怕有人听俺说话，我且看一看。（做意了）偌早晚傻角却不来⑤？（末云）小姐在那里？（红云）在湖山下。我问你咱，真个著你来哩？（末云）小生猜诗谜社家⑥。（红云）你休从门里去，则道我使你来。你跳过这墙去，今夜这一弄儿助

① 凌波袜：妇女穿的袜子。曹植《洛神赋》里有"凌波微步，罗袜生尘"的句子。 ② 贤圣：这里指太阳神羲和。神话传说羲和是管太阳的神，赶着太阳走。一说指二郎神。民间传说里的二郎神弹打日落的故事。 ③ 乍：整齐，华丽的意思。又作"窄"，元杂剧里，常有"衣衫窄窄"的话。 ④ 难按纳：难捉摸的意思。按纳，按拿。 ⑤ 以下删一段说白和[沉醉东风]一曲。 ⑥ 以下删一段说白。

你两个成亲①。我说与你，依著我者。

【乔牌儿】你看那淡云笼月华，似绛纸护银蜡；柳丝花朵垂帘下，绿莎茵铺著绣榻。

【甜水令】良夜迢迢，闲庭寂静，花枝低亚②。他是个女孩儿家，你须索性儿温存，话儿摩弄，意儿谦洽③，休猜做败柳残花④。

（末作跳墙搂旦科）（旦云）是谁？（末云）是小生。（旦怒云）张生，你是何等之人！我在这里烧香，你无故至此。若夫人闻知，有何理说？（末云）呀，变了卦也！（红唱）

【锦上花】为甚媒人，心无惊怕；赤紧的夫妻每，意不争差。我这里蹑足潜踪，悄地听咱：一个羞惭，一个怒发。

【幺篇】张生无一言，呀！莺莺变了卦。一个悄悄冥冥，一个絮絮答答⑤。却早禁住隋何，迸住陆贾；叉手躬身，妆聋做哑。

（红云）张生背地里嘴那里去了⑥！告到官司，怕羞了你！

【清江引】没人处则会闲嗑牙⑦，就里空奸诈。

---

① 一弄儿：一古脑儿，一块儿。 ② 亚：同“压”。 ③ 谦洽：谦和。 ④ 以下删[折桂令]一曲。 ⑤ 絮絮答答：即絮絮叨叨，形容多言。 ⑥ 此后删一句说白。 ⑦ 嗑牙：说话，含有胡吹，乱扯的意思。

怎想湖山边，不记“西厢下”。香美娘处分破花木瓜①。

（旦云）红娘，有贼。（红云）是谁？（末云）是小生。（红云）张生，你来这里有甚么勾当？（旦云）扯到夫人那里去！（红云）到夫人那里，怕坏了他行止。我与姐姐处分他一场。张生，你过来跪著！你既读孔圣之书，必达周公之礼，夤夜来此何干？

【雁儿落】不是俺一家儿乔坐衙②，说几句衷肠话。我则道你文学海样深，谁知你色胆有天来大！

（红云）你知罪么？（末云）小生不知罪。（红唱）

【得胜令】谁著你夤夜入人家，非奸做贼拿。你本是个折桂客，做了偷花汉。不想去跳龙门，学骗马③。姐姐，且看红娘面，饶过这生者！（旦云）若不看红娘面，扯你到夫人那里去，看你有何面目见江东父老④？起来！（红唱）谢小姐贤达，看我面遂情

---

① 香美娘：指莺莺。花木瓜：比喻外表好看，其实无用的意思。这里指张生。 ② 乔坐衙：假装升堂审案。乔，假装。③ 骗马：翻身上马，称骗马。这里是当时的方言，是比喻勾引妇女的行为的一个专词。 ④ 江东父老：项羽被刘邦打败，不肯渡过乌江，逃回江东，他说：“纵江东父老怜而王我，我何面目见之。”（见《史记·项羽本纪》）。

詈。若到官司详察，“你既是秀才，只合苦志于寒窗之下，谁教你夤夜辄入人家花园，做得个非奸即盗”。先生呵，整备著精皮肤吃顿打。

(旦云)先生虽有活人之恩，恩则当报。既为兄妹，何生此心？万一夫人知之，先生何以自安？今后再勿如此，若更为之，与足下决无干休。(下)(末朝鬼门道云)你著我来，却怎么有偌多说话！(红扳过末云)羞也，羞也！却不“风流隋何，浪子陆贾”？(末云)得罪波“社家”。今日便早则死心塌地。(红唱)

【离亭宴带歇指煞】再休题春宵一刻千金价，准备著寒窗更守十年寡。猜诗谜的社家，𠆩拍了“迎风户半开”①，山障了“隔墙花影动”②，绿惨了“待月西厢下”③。你将何郎粉面搽，他自把张敞眉儿画。彊风情措大④，晴干了尤云殢雨心⑤，悔过了窃玉偷香胆⑥，删抹了倚翠偎红话。(末云)小生再写一简，烦小娘子将去，以尽衷情如

---

① 𠆩(qí 歧)：参差。𠆩拍，不合拍子。这里是弄差了的意思。 ② 山障了：隔绝了，堵死了。 ③ 绿惨：绿惨花愁的简语，形容别离。 ④ 彊风情：强作风情。彊，同“强”。措大：过去对读书人的一种轻蔑的称呼。 ⑤ 晴干了：打消了。尤云殢雨：形容迷恋男女的情爱。“尤”、“殢”是纠缠不清的意思。“云”、“雨”比喻男女欢爱。 ⑥ 窃玉偷香：指男女私通。

何？（红唱）淫词儿早则休，简帖儿从今罢。犹古自参不透风流调法[1]。从今后悔罪也卓文君，你与我游学波汉司马[2]。（下）

（末云）你这小姐送了人也！此一念小生再不敢举，奈有病体日笃，将如之奈何？夜来得简方喜，今日强扶至此，又值这一场怨气，眼见得休也。则索回书房中纳闷去。桂子闲中落，槐花病里看。（下）

【翻译】

（红娘上）

红娘（白）：

今天小姐叫我给张生送信，当面那么多假意儿，原来她在诗里暗中约张先生来。小姐并不对我说，我也不去说破，只请她烧香。今夜的晚妆，她打扮得比往日不同，我看她到那时怎么瞒我。

（红娘呼唤莺莺）

红娘（白）：

小姐，咱烧香去啦。

（莺莺上）

---

① 犹古自：尚且、还在。 ② 汉司马：司马相如，这里喻张生。

莺莺（白）：

花阴重叠香风细，庭院深沉淡月明。

红娘（白）：

今天晚上月明风清，真是好景致呵！

红娘（唱）：

晚来寒风透窗纱，

金钩闲垂绣帘不挂。

门外栅栏笼罩着夜雾烟霭，

高楼上屋檐妆敛起最后的晚霞。

对着镜子，

在楼上把晚妆梳罢。

没有喧哗，

嫩绿池塘藏睡鸭；

自然幽雅，

淡黄杨柳隐栖鸦。

心慌踢损牡丹芽，

玉簪抓住荼蘼架。

夜凉苔径滑，

露珠儿湿透了凌波袜。

红娘（白）：

我看那张生和我们小姐巴不得盼到天晚哩！

红娘(唱):

从太阳初升就盼着月吐光华,

挨过一刻似过一夏;

见柳梢的斜日迟迟不落下,

早该说教太阳神把你打。

打扮得漂亮潇洒,

准备着夫妻欢会在巫峡。

只为这燕侣莺俦,

锁不住心猿意马。

红娘(白):

不只俺那姐姐害相思病,那张生呵!

红娘(唱):

二三日来水米不粘牙。

都因为小姐的容貌闭月羞花,

她的性情儿真假难捉摸,

还没把她的心意摸透,

便一味地胡拿。

红娘(白):

小姐,您在这假山下站着,我开了寺里的角门儿。怕有人听咱们说话,我去看一看。都这时候了,这傻瓜怎么还没来?

（红娘注意看）

（张君瑞上，见红娘）

张君瑞（白）：

莺莺小姐在哪里？

红娘（白）：

在假山那边。张先生，我问您，真的是小姐约你来的吗？

张君瑞（白）：

我猜诗谜的行家，不会有错。

（张生欲进花园门）

红娘（白）：

您别走这儿，她会说是我放您进来的，您还是跳墙吧。今天晚上这景色分明，助你俩成亲。我跟您说，您听着。

红娘（唱）：

你看那淡云笼罩着月亮光华，
似红纸护笼着烛蜡。
柳丝花朵似珠帘垂下，
绿茸茸的草茵似铺成绣榻。

良夜迢迢，
闲庭寂静，

花枝低压。

她是个女孩儿家，

你对她要性儿温存，

话儿体贴，

意儿谦洽，

休把她当做败柳残花。

张君瑞（白）：

知道了。

（张君瑞跳墙、拥抱莺莺）

莺莺（白）：

是谁？

张君瑞（白）：

是我。

莺莺（怒白）：

张先生，你是何等之人！我在这里烧香，你无故到此；假如夫人知道，有什么理说？

张君瑞（白）：

呀！变了卦啦！

红娘（唱）：

为什么我做媒人，

心里不担惊怕，

他们真正是夫妻情意不差。

我这里轻轻地溜走，隐藏起踪迹，

悄悄地听着。

一个羞惭，

一个怒发。

张生无一言，

呀！莺莺变了卦。

一个悄悄冥冥不作声；

一个絮絮答答地责骂。

早已制止住，

这个自命的隋何、陆贾。

叉手躬身，

装聋做哑。

红娘（白）：

张生背地里嘴哪里去了？告到官司，怕羞了你。

红娘（唱）：

没人处只会说大话，

实际上是空把聪明耍。

怎想到假山边这样软，

不记得月夜西厢下？

莺莺吩咐这破花木瓜。

莺莺（白）：

红娘！有贼。

红娘（白）：

是谁？

张君瑞（白）：

是我呵。

红娘（白）：

张先生，你来这里干什么？

莺莺（白）：

拉到夫人那里去！

红娘（白）：

到夫人那里，恐怕坏了他的名声。我和小姐处分他一场。张先生，你过来跪着！你既读孔圣之书，必然懂得礼节。深夜里，你到这儿来做什么？

红娘（唱）：

不是俺一家儿乔作衙，

说几句衷肠话。

我只说你的学问海样深，

谁知你色胆有天来大？

红娘（白）：

张先生，你知罪吗？

张君瑞（白）：

我不知罪。

红娘(唱):

谁让你深夜入人家,

非奸即盗做贼拿。

你本是个求官的书生,

反做了勾引妇女的偷花汉,

不想去跳龙门,

却去学骗马。

(夹白):

小姐,且看红娘面,饶了张先生吧!

莺莺(白):

若不看红娘面,扯你到夫人那里去,看你有何面目见江东父老?起来!

红娘(唱):

谢小姐贤达,

看红娘薄面饶了他。

若到官司审问追察:

红娘(白):

“你既是读书人,就该寒窗苦读,谁教你深夜进入人家花园,做了个非奸即盗。”先生呵,

红娘(唱):

准备着细皮肤吃顿打。

莺莺(白):

先生虽有救命之恩，恩则当报。既为兄妹，何生此心？万一被夫人知道，您怎能安心呢？今后请再不要这样了。若再如此，与先生决不罢休。

（莺莺下，张君瑞向莺莺背影）

张君瑞（白）：

是你教我来的，如今却有这么多话说！

（红娘扳过张君瑞）

红娘（白）：

羞呵，羞呵！你怎么不像"多才多智的风流隋何、浪子陆贾"呢？

张君瑞（白）：

玷污了行家，今天趁早死了这条心了。

红娘（唱）：

再休题春宵一刻千金价，
准备着寒窗再守十年寡。
猜诗谜的行家，
错猜了"迎风户半开"，
堵绝了"隔墙花影动"，
永别了"待月西厢下"。
你将何郎粉面搽，
她却自把张敞眉儿画。
强作多情的书生啊！

快打消了痴情的相思心，

悔过了窃玉偷香胆，

删抹了倚翠偎红话。

张君瑞(白)：

我再写一封信，麻烦你拿给她，以表衷情，可以吗？

红娘(唱)：

淫词儿趁早休，

简帖儿从今罢。

你尚且参不透这风流的手法。

从今后卓文君已悔改，

你游学赴考去吧汉司马。

(红娘下)

张君瑞(白)：

你这小姐葬送了人的命啦。这念头我再也不敢有了，奈何我的病体日益沉重，我该怎么办呢？昨天得信，刚刚欢喜，今天勉强扶病来到这花园儿，又遇一场怨气，眼看一切都完了，只好回书房发愁去。桂子闲中落，槐花病里看。

(张君瑞下)

十一、问病

“问病”为原著第三本第四折。略有删节。这场戏写张生逾墙遭莺莺训斥后病体沉重，老夫人叫长老请太医为张生看病。又命红娘去探病，莺莺让红娘将一封信佯称做“药方”送给张生，约好晚上与他欢会。莺莺出于对张生的爱慕和对张生救命之恩的感激，经历了重重矛盾，终于勇敢地做出决定，并在红娘的帮助与鼓励下与张生私下结合了。表现出莺莺反抗礼教的勇敢精神。这一场戏把莺莺的反抗推向新的高度。

张生在莺莺“赖简”后心灰意懒。这时，又送来了莺莺的“药方”，至此剧情陡然一转，顿时在张生心里又升起了希望，使戏剧冲突出现了峰回路转的变化。

(夫人上云)早间长老使人来,说张生病重。我著长老使人请个太医去看了。一壁道与红娘:看哥哥行问汤药去者。问太医下甚么药?证候如何?便来回话。(下)(红上云)老夫人才说张生病沉重,昨夜吃我那一场气,越重了。莺莺呵,你送了他人。(下)(旦上云)我写一简,则说道药方,著红娘将去与他,证候便可①。(旦唤红科)(红云)姐姐,唤红娘怎么?(旦云)张生病重,我有一个好药方儿,与我将去咱!(红云)又来也!娘呵,休送了他人!(旦云)好姐姐,救人一命,将去咱!(红云)不是你,一世也救他不得。如今老夫人使我去哩,我就与你将去走一遭。(下)(旦云)红娘去了,我绣房里等他回话。(下)(末上云)自从昨夜花园中吃了这一场气,投著旧证候②,眼见得休了也。老夫人说著长老唤太医来看我;我这颓证候,非是太医所治的③。(洁引净扮太医上,"双斗医"科范了④)(下)(洁云)下了药了,我回夫人话去,少刻再来相望。(下)(红上

① 可:痊瘉。 ② 投:合、到,这里是引起的意思。旧证候:旧病。 ③ 以下删一段张生的说白。 ④ 双斗医:金院本中的一个短剧名。太医上场后与法本插演了一段"双斗医",表演后太医下场,具体内容略去,所以特意注明。科范:这里是表演的意思。

云)俺小姐送得人如此,又著我去动问,送药方儿去,越著他病沉了也。我索走一遭。异乡易得离愁病,妙药难医肠断人。

【越调·斗鹌鹑】则为你彩笔题诗,回文织锦;送得人卧枕著床,忘餐废寝;折倒得鬓似愁潘①,腰如病沈②,恨已深,病已沉,昨夜个热脸儿对面抢白,今日个冷句儿将人厮侵③。

昨夜这般抢白他呵!

【紫花儿序】把似你休倚著栊门儿待月,依著韵脚儿联诗,侧著耳朵儿听琴。见了他撇假偌多话④:"张生!我与你兄妹之礼,甚么勾当!"怒时节把一个书生来迭噷⑤。欢时节:"红娘,好姐姐,去望他一遭!"将一个侍妾来逼临⑥。难禁,好著我似

---

① 折倒:折磨。折,磨折。倒,倒败。愁潘:西晋潘岳多愁,鬓发斑白。他在《秋兴赋》里有"斑鬓发以承弁兮"之句,后因以"潘鬓"作为鬓发斑白的代词。 ② 病沈:《南史·沈约传》说沈约有志台司,而常终不用,乃求外出,又不见许,遂以书陈情于徐勉,说自己老病,百日数旬,革带常应移孔。后因以"沈腰"为腰围减损的代称。 ③ 厮侵:相犯,侵犯。 ④ 撇假:即"假撇清",表示清白。 ⑤ 迭噷:同"攧窨(yìn 印)",攧脚窨气之省语,愁闷顿足的意思。攧,顿足。窨,以物埋藏地中称窨。 ⑥ 逼临:催促,逼迫。

线脚儿般殷勤不离了针。从今后教他一任①。

这的是俺老夫人的不是：将人的义海恩山，都做了

远水遥岑②。

（红见末问云）哥哥病体若何？（末云）害杀小生也！我若是死呵，小娘子，阎王殿前少不得你做个干连人。（红叹云）普天下害相思的不似你这个傻角。

【天净沙】心不存学海文林，梦不离柳影花阴，

则去那窃玉偷香上用心。又不曾得甚，自从海

棠开想到如今。

因甚的便病得这般了？（末云）都因你行！怕说的谎……因小侍长上来③。当夜回书房一气一个死。小生救了人，反被害了。自古人云："痴心女子负心汉。"今日反其事了。（红唱）

【调笑令】我这里自审，这病为邪淫；尸骨岩岩

鬼病侵。更做道秀才每从来恁。似这般干相

思的好撒唔④！功名上早则不遂心，婚姻上更

返吟复吟⑤。

（红云）老夫人著我来，看哥哥要甚么汤药。小姐再三

---

① 一任：随便，任从。教他一任，任他忘恩负义。 ② 岑（cén 涔）：小而高的山。 ③ 侍长：同"使长"，奴仆对主人的称呼。这里指莺莺。 ④ 撒唔（tǔn 吞上声）：痴呆。 ⑤ 返吟复吟：星命家术语。象征婚姻难成。

伸敬，有一药方送来与先生。(末做慌科)在那里？(红云)用著几般儿生药，各有制度，我说与你：

【小桃红】“桂花”摇影夜深沉，酸醋“当归”浸。(末云)桂花性温，当归活血，怎生制度？(红唱)面靠著湖山背阴里窨。这方儿最难寻，一服两服令人恁。(末云)忌甚么物，(红唱)忌的是“知母”未寝，怕的是“红娘”撒沁①。吃了呵，稳情取“使君子”②一星儿“参”。

这药方儿小姐亲笔写的。(末看药方大笑科)(末云)早知姐姐书来，只合远接——小娘子！(红云)又怎么？却早两遭儿也。(末云)——不知这首诗意，小姐待和小生“哩也波”哩③，(红云)不少了一些儿！

【鬼三台】足下其实啉④，休妆唔。笑你个风魔的翰林，无处问佳音，则向简帖儿上计禀⑤。得了个纸条儿恁般绵里针⑥，若见玉天仙怎生软厮禁⑦？俺那小姐忘恩，赤紧的偻人负心⑧。

---

① 撒沁(qìn 吣)：撒泼，捣乱。 ② 使君子：中药名，这里喻张生。参：与“生”谐音。这句说药到病除。 ③ 哩也波：夫妻欢会的暗语。 ④ 啉(lín 林)：愚笨。 ⑤ 计禀：疑为“诉禀”之误。 ⑥ 绵里针：即“绵里裹针”，珍惜小心的意思。 ⑦ 软厮禁：不硬挣，这里可引申为温柔爱护。 ⑧ 赤紧的：当真的，实在的。偻(lóu 楼)人：欺人。

书上如何说话？你读与我听咱。(末念云)“休将闲事苦萦怀，取次摧残天赋才。不意当时完妾命，岂防今日作君灾？仰图厚德难从礼，谨奉新诗可当媒。寄语高唐休咏赋，今宵端的雨云来。”此韵非前日之比，小姐必来。(红云)他来呵怎生？

【秃厮儿】身卧著一条布衾，头枕著三尺瑶琴；他来时怎生和你一处寝？冻得来战兢兢，说甚知音！

【圣药王】果若你有心，他有心，昨日秋千院宇夜深沉。花有阴，月有阴，春宵一刻抵千金。何须“诗对会家吟①”？

(末云)小生为小姐如此容色，莫不小姐为小生也减动丰韵么？(红唱)

【绵搭絮】他眉弯远山铺翠，眼横秋水无尘，体若凝酥，腰如嫩柳，俊的是庞儿俏的是心。体态温柔性格儿沉。虽不会法灸神针，更胜似救苦难观世音。

(末云)今夜成就了事呵，小生不敢有忘。(红唱)

【幺篇】你口儿里漫沉吟，梦儿里苦追寻。往事已沉，只言目今，今夜相逢管教恁。不图你白

① 以下删张生一段说白和[东原乐]一曲。

壁黄金，则要你满头花、拖地锦①。

（末云）怕夫人拘系，不能勾出来。（红云）则怕小姐不肯，果有意呵，你放心！

【煞尾】虽然是老夫人晓夜将门禁，好共歹须教你称心。（末云）休似昨夜不肯。（红云）你挣揣咱②，来时节肯不肯怎由他，见时节亲不亲尽在恁③。

（并下）

【络丝娘煞尾】因今宵传言送语，看明日携云握雨。

【翻译】

（夫人上）

夫人（白）：

早晨长老派人来，说张君瑞病重。我教长老派人请个太医给他看病。一面告诉红娘去张生那里探视，问太医开的什么药，病情如何？便来回话。

（夫人下，红娘上）

红娘（白）：

---

① 满头花：指有官员身份的妇女外出时的盛妆。拖地锦：指女子结婚时的披红。按此句是说张生与莺莺盛妆打扮成婚。② 挣揣：挣扎、振作。③ 恁：您。

老夫人方才说张生病重，昨夜吃那一场气，越重了。莺莺呵！你送了他的命了。

（红娘下，莺莺上）

莺莺（白）：

我写一封信，只说是药方，教红娘送给张生，病就可以好了。

（莺莺唤红娘，红娘上）

红娘（白）：

小姐叫红娘做什么？

莺莺（白）：

张生病重，我这儿有一个好药方儿，给张生拿去吧！

红娘（白）：

又来了，娘呵，不要送了别人的命！

莺莺（白）：

好姐姐，救人一命，拿去吧！

红娘（白）：

不是你，一世也救他不得。如今老夫人教我去哩，我就为你去一趟。

（红娘下）

莺莺（白）：

红娘去了，我在绣房里等她回话。

（莺莺下，张君瑞上）

张君瑞(白):

自从昨夜花园中受了一场气,引得我旧病复发,眼见得活不成了。老夫人说叫长老请太医来看我,可我这倒霉的病,不是医生所能治好的。

(法本引太医上,作《双斗医》戏中的一段表情动作,太医下)

法本(白):

已开了药了,我回夫人话去,少过一会儿再来看望。

(法本下)

(红娘上)

红娘(白):

俺小姐把人害得如此地步,现在又让我去问候,给送药方去,这越叫他病重了呵,我须到张生那边走一趟。异乡易得离愁病,妙药难医肠断人。

红娘(唱):

只为你彩笔题诗,
回文织锦,
害得人病倒在床,
忘餐废寝,
折磨得人愁白了双鬓,
瘦损了腰身。
恨已深,

病已沉，

昨夜里热脸儿当面责骂，

今日里冷言冷语将人侵。

红娘（白）：

昨夜这般责骂他呵！

红娘（唱）：

与其你倚着门儿在西厢望月，

依着韵脚儿联诗，

侧着耳朵儿听琴。

红娘（白）：

何必见了他又假撇清装清白，说了这样多的话："张生，我与你兄妹之礼，这是什么行为！"

红娘（唱）：

怒时节使一个书生多愁闷，

欢时节……

红娘（白）：

又说："红娘，好姐姐，去望他一趟。"

红娘（唱）：

将一个侍妾来逼临。

折磨呵，

好叫我似线随着针，

两脚不停地传简送信。

从今后任他负义忘恩。

红娘(白):

这的确是我家老夫人的不是,

红娘(唱):

将人的义海恩山,

都做了远水遥岭。

(红娘见张君瑞)

红娘(白):

张先生病体如何?

张君瑞(白):

病死我了!我若是死呵,红娘,阎王殿前,少不得你是一个有牵连的人。

红娘(叹白):

普天下害相思的不似你这个傻瓜。

红娘(唱):

心不向学海文林,

梦不离柳影花阴,

只去那窃玉偷香上用心。

又不曾得到甚,

自从海棠花开想到如今。

红娘(白):

为什么便病得这地步了?

张君瑞(白):

在你面前我难道说谎?原因都在你小姐身上。那天晚上回书房把我气了一个死。我救了人,反被人害了。自古道:"痴心女子负心汉。"今天的事,正好相反了。

红娘(唱):

我这里明白,
这病为莺莺,
瘦骨高耸像病魔侵。
即便秀才们从来如此,
似这般空相思也太痴心!
功名不遂心,
婚姻美事更难临。

红娘(白):

老夫人教我来看你,要用什么汤药。小姐向你再三表示敬重,有一药方送来给你。

(张君瑞听说药方,表现非常急切)

张君瑞(白):

在哪里?

红娘(白):

要用几种生药,各有用法,我说给你听:

红娘(唱):

“桂花”摇影夜深沉，

醋酸“当归”寝。

张君瑞（白）：

桂花性质温和，当归活血，怎么用法呢？

红娘（唱）：

这个药方最难寻，

花园太湖石背后隐藏，

一次、两次……就这样。

张君瑞（白）：

忌什么物？

红娘（唱）：

忌的是“知母”未寝，

怕的是“红娘”撒沁。

红娘（白）：

吃了呵，

红娘（唱）：

“使君子”和一点“参”，

你可药到病离身。

红娘（白）：

这药方儿是小姐亲笔写的。

（张君瑞接药方看，大笑）

张君瑞（白）：

早知小姐书来,应该远迎姐姐。

红娘(白):

又怎么?已经这样两次了。

张君瑞(白):

你不知道这首诗的意思,小姐打算和我欢会哩。

红娘(白):

不会有错吧!

红娘(唱):

先生其实蠢,

休要再犯傻。

笑你个风魔的翰林,

无处问佳音,

只会对着简帖儿诉禀,

得了个纸条儿就这样珍惜小心,

若见了莺莺不知如何看待温存。

俺那小姐忘恩,

实在的欺人、负心。

红娘(白):

信上怎么说?你读给我听听。

张君瑞(念白):

"休将闲事苦萦怀,取次摧残天赋才。不意当时完妾命,岂防今日作君灾。仰图厚德难从礼,谨奉新诗可当媒。寄语高唐休咏赋，今宵端的雨云来。”这首诗与以前不同，小姐一定会来。

红娘（白）：

　　她来了怎么办？

红娘（唱）：

　　身盖着一条粗布被衾，
　　头枕着三尺瑶琴。
　　她来时怎么和你一处寝？
　　岂不冻得战战兢兢。
　　还说什么知音！

　　果真你有心，
　　他有心，
　　昨日秋千院宇夜深沉；
　　花有阴，
　　月有阴，
　　春宵一刻抵千金，
　　何须写诗定佳期。

张君瑞（白）：

　　我为思念小姐，病得如此容色，莫不是小姐为我也消损了丰韵么？

红娘（唱）：

她眉儿弯弯如青翠的远山，

眼如秋水清澈无尘，

体若凝酥，

腰如弱柳，

俊的是脸儿俏的是心。

体态温柔性格儿沉。

虽不会法灸神针，

更胜似救苦难的观世音。

张君瑞（白）：

今夜如果成就了好事，我将永远感激你。

红娘（唱）：

你口儿里漫沉吟，

梦儿里苦追寻。

往事已沉。

只说眼前，

今夜管教你称心。

不贪图你甚么白玉黄金，

只愿你盛妆打扮着成亲。

张君瑞（白）：

怕夫人管束得紧，不能出来。

红娘（白）：

只怕小姐不肯，如果她真的有意呵，请你放心。

红娘(唱):

虽然是老夫人日夜将门禁,

好歹须教你称心。

张君瑞(白):

休似昨夜不肯。

红娘(白):

你努力吧!

红娘(唱):

来时节肯不肯尽由她,

见时节亲不亲全在您。

(红娘、张君瑞并下)

(伴唱):

因今宵传言送语,

看明日携云握雨。

十二、佳　期

“佳期”为原著第四本第一折，略有删节。这折戏写莺莺与张生克服了重重障碍与矛盾，终于战胜了礼教与舆论的强大压力而结合。莺莺的反抗精神至此发展到新的高度。作品对张生的心理描写，十分细微生动。当张生接到莺莺的“药方”后，一面盼望着与莺莺成其好事，兴高采烈；一面又担心莺莺受夫人拘系出不来，担心莺莺又在说谎。写出了张生既盼望又害怕的心态，想到莺莺万一不来，自己就只有让相思煎熬，准备着棺材。他坐卧不安，忽而倚门儿张望，忽而卧床前思后想，心神不定，及至见到莺莺果真如约而来，便长跪相迎，把一个痴情的张生等候莺莺的急切心情和喜悦，写得活灵活现。

（末上云）昨夜红娘所遗之简，约小生今夜成就。这早晚初更尽也[①]，不见来呵。小姐休说谎咱！人间良夜静复静，天上美人来不来？

【仙吕·点绛唇】伫立闲阶，夜深香霭、横金界[②]。潇洒书斋，闷杀读书客。

【混江龙】彩云何在[③]？月明如水浸楼台。僧归禅室，鸦噪庭槐。风弄竹声则道是金佩响，月移花影疑是玉人来。意悬悬业眼，急攘攘情怀，身心一片，无处安排；则索呆答孩倚定门儿

① 初更：旧时把夜间分为五更计算，初更即一更。 ② 金界：佛地，庙宇。印度佛教传说称须达多长老要为释迦牟尼佛建造讲经的房舍。他选中了祇陀太子的园林，面积约八十顷。太子开玩笑说，如果将园林“满以金布便当相与”。须达多果真用黄金布满八十顷。太子将园林献出建成庙宇，故称“金界”。 ③“彩云”二句：作者用晏小山《临江仙》词“当时明月在，曾照彩云归”的词意。彩云，隐指所欢。这里的彩云代指莺莺。

待[1]。越越的青鸾信杳[2],黄犬音乖[3]。

小生一日十二时,无一刻放下小姐,你那里知道呵!

【油葫芦】情思昏昏眼倦开,单枕捱,梦魂飞入楚阳台[4]。早知道无明无夜因他害,想当初"不如不遇倾城色"[5]。人有过,必自责,勿惮改[6],我却待"贤贤易色"将心戒[7],怎禁他兜的上心来[8]。

【天下乐】我则索倚定门儿手托腮,好著我难猜:来也那不来?夫人行料应难离侧。望得人眼欲穿,想得人心越窄,多管是冤家不自在[9]。

偌早晚不来,莫不又是谎么?

【那吒令】他若是肯来,早身离贵宅。他若是到

---

① 呆答孩:呆呆地。 ② 越越的:悄悄地。青鸾:神话传说,汉武帝时七月七日忽有青鸟飞集殿前,东方朔说这是西王母欲来。不久西王母至,三青鸟夹侍于王母之侧。后人沿称信使为"青鸟"或"青鸾"。 ③ 黄犬:晋代陆机有一条狗叫黄耳,能长途传送书信(见《述异记》)。 ④ 阳台:宋玉《高唐赋序》说楚王游高唐梦与神女相会,神女自称"旦为行云,暮为行雨,朝朝暮暮,阳台之下"。后因称男女欢会的地方为阳台。 ⑤ 不如不遇倾城色:白居易《李夫人》诗中的句子。 ⑥ "人有过"三句:语意出自《论语·学而篇》:"过则勿惮改"。惮(dàn 淡),怕。⑦ 贤贤易色:语见《论语·学而篇》。贤贤,尊敬贤人的意思。⑧ 兜的:突然。 ⑨ 冤家:这里指莺莺。

来，便春生敝斋。他若是不来，似石沉大海。数著他脚步儿行，倚定窗棂儿待。寄语多才①：

【鹊踏枝】恁的般恶抢白，并不曾记心怀。拨得个意转心回②，夜去明来。空调眼色③，经今半载，这其间委实难捱。

小姐这一遭若不来呵。

【寄生草】安排著害，准备著抬。想著这异乡身强把茶汤捱④，则为这可憎才熬得心肠耐，办一片志诚心，留得形骸在。试著那司天台打算半年愁⑤，端的是太平车约有十余载⑥。

(红上云)姐姐，我过去，你在这里。(红敲门科)(末问云)是谁？(红云)是你前世的娘。(末云)小姐来么？(红云)你接了衾枕者，小姐入来也。张生，你怎么谢我？(末拜云)小生一言难尽，寸心相报，惟天可表！(红云)你放轻者，休唬了他！(红推旦入云)姐姐，你入去，我在门儿外等你。(末见旦跪云)张珙有何德能，敢劳神仙下降，知他是睡里

① 多才：指莺莺。 ② 拨得：博得，希望得到。 ③ 调眼色：眉来眼去。 ④ 茶汤：俗称做媒为“喝茶汤”，这里指婚姻。 ⑤ 司天台：天文台。《旧唐书·职官志》：“司天台掌观察天文，稽定历数。” ⑥ 太平车：大车。据《东京梦华录》载：东京有搬运的车辆，大的叫做“太平”，有车箱无车盖，用骡、驴或牛拉车。

梦里!

【村里迓鼓】猛见他可憎模样,小生那里得病来!早医可九分不快。先前见责,谁承望今宵欢爱!著小姐这般用心,不才张珙,合当跪拜。小生无宋玉般容、潘安般貌、子建般才①,姐姐,你则是可怜见为人在客!

【元和令】绣鞋儿刚半折②,柳腰儿勾一搦③,羞答答不肯把头抬,只将鸳枕捱。云鬟仿佛坠金钗,偏宜𩭾髻儿歪④。⑤

(末跪云)谢小姐不弃,张珙今夕得就枕席,异日犬马之报。(旦云)妾千金之躯,一旦弃之。此身皆托于足下,勿以他日见弃,使妾有白头之叹⑥。(末云)小生焉敢如此⑦!

【柳叶儿】我将你做心肝儿般看待,断不点污了

---

① 子建:魏曹植、字子建,著名的文学家。南朝诗人谢灵运称赞曹子建说:"天下的才一共有一石,子建一个人就占了八斗。" ② 折(zhǎ 眨):"拃"的借音。大指与中指张开的距离。两拃为一尺,半拃不足三寸。 ③ 搦(nuò 诺):一搦,指一只胳臂弯过来的范围。 ④ 𩭾髻儿(dí jì 敌计):发髻。 ⑤ 以下删[上马娇]、[胜葫芦]、[幺篇]三曲。 ⑥ 白头之叹:汉代司马相如和卓文君由恋爱而结婚,后来司马相如将欲娶妾,卓文君写《白头吟》诗表示怨愤(见《西京杂记》)。 ⑦ 以下删[后庭花]一曲。

小姐清白。忘餐废寝舒心害，若不是真心耐，志诚揑，怎能勾这相思苦尽甘来？

【青哥儿】成就了今宵欢爱，魂飞在九霄云外。投至得见你多情小奶奶①，憔悴形骸，瘦似麻秸。今夜和谐，犹自疑猜。露滴香埃，风静闲阶，月射书斋，云锁阳台。审问明白，只疑是昨夜梦中来，愁无奈。

(旦云)我回去也，怕夫人觉来寻我。(末云)我送小姐出来。

【寄生草】多丰韵，忒稔色②。乍时相见教人害，霎时不见教人怪，些儿得见教人爱③。今宵同会碧纱橱，何时重解香罗带？

(红云)来拜你娘！张生，你喜也。姐姐，咱家去来。(末唱)

【煞尾】春意透酥胸，春色横眉黛，贱却人间玉帛。杏脸桃腮，乘著月色，娇滴滴越显红白。下香阶，懒步苍苔，动人处弓鞋凤头窄。叹鲰生不才④，谢多娇错爱。若小姐不弃小生，此情一心者。你是必破工夫明夜早些来。(下)

---

① 投至得：等到。 ② 稔(rěn 荏)色：形容美色。稔，谷熟。
③ 些儿：一会儿。 ④ 鲰(zōu 邹)生：鄙人，是对自己的谦称。

【翻译】

（张君瑞上）

张君瑞（白）：

昨晚红娘带来莺莺所赠的简帖儿，约我今夜相会。这时已初更过了。还不见来，小姐，你不要说谎啊！美好的夜晚那么安静，天上的美人儿来不来呢？

张君瑞（唱）：

伫立台阶，
夜深深庙宇笼罩着雾气云霭。
寂寞的书斋，
闷杀我张秀才。

莺莺何在？
月光如水照楼台。
僧居禅室，
鸦噪庭槐。
风摇竹声只道是金佩响，
月移花影疑是玉人来。
意悬悬业眼，
急攘攘情怀，
痴情一片，
无处安排。

只得呆呆地倚着门儿等待。

悄悄的青鸟信息杳，

黄犬音讯乖。

张君瑞(白)：

我一天十二个时辰，没有一刻放下你，小姐，你哪里知道呵！

张君瑞(唱)：

情思昏昏眼倦开，

单枕旁，

梦魂飞入楚阳台。

早知道无明无夜地把相思害，

想当初不如不遇倾城色。

人有过，

必自责，

勿惮改。

我正打算贤贤易色将心戒，

怎禁她突然上心来。

我只得倚定门儿手托腮，

好教我难猜：

来也啊不来？

夫人那里料应难离侧。

望得人眼欲穿，

想得人心越窄，

多半是冤家不自在。

张君瑞(白)：

这时候不来，莫不又是说谎吧！

张君瑞(唱)：

她若是肯来，

早身离住宅；

她若是到来，

便春满书斋；

她若是不来，

似石沉大海。

数着她走来的脚步儿，

把她到来的时间猜，

倚定窗儿等待。

寄语多才：

花园内那样地抢白，

并不曾记心怀，

希望博得意转心回，

夜去明来。

空自眉来眼去，

如今已经半载，

这段时间实在难挨。

张君瑞(白):

小姐这一次若不来呵,

张君瑞(唱):

安排着把相思害,

准备着把棺材抬。

想着这异乡人,

勉强把婚姻等待,

只为这可爱的人,

受熬煎强忍耐,

只因有一片志诚心,

留得身躯在。

我心里的忧愁啊!

倘若要让天文台计算,

也得半年才能算出来。

就是用大车装,

也要十余车才能载。

(红娘上)

红娘(白):

小姐,我过去,您在这里。

(红娘敲张君瑞的房门)

张君瑞(白):

是谁？

红娘（白）：

是你前世的娘。

张君瑞（白）：

小姐来了吗？

红娘（白）：

你接了被子和枕头吧，小姐随后就来。张先生你怎么谢我？

（张君瑞向红娘行礼）

张君瑞（白）：

我真是一言难尽，报答之心，唯有老天知道！

红娘（白）：

你放轻些，不要吓着她！

（红娘推莺莺入张君瑞房内）

红娘（白）：

小姐你进去，我在门儿外等你。

（张君瑞见莺莺，下跪）

张君瑞（白）：

我有什么品德才能，劳动你到我这儿来。我是不是在做梦啊？

张君瑞（唱）：

猛见她可爱的模样儿，

张君瑞（白）：

我哪里是生病来着，

张君瑞（唱）：

早已医治好九分不快。

先前受到指责，

谁料到今宵欢爱！

让小姐你这样用心，

不才张珙，

应当跪拜。

我没有宋玉、潘安那样的美貌，

曹子建那样的文才。

姐姐，你只是可怜我外乡漂流客！

绣花鞋刚半折长，

瘦细的柳腰够一搦，

羞答答不肯把头抬，

只将鸳枕挨。

云鬟仿佛坠金钗，

偏宜发髻儿歪。

张君瑞（白）：

谢小姐不弃，今天晚上能够欢会，异日当做犬马报答。

莺莺（白）：

我千金般的躯体，一旦舍弃，现在全都依托于你了，希望以后不要使我有被遗弃的慨叹。

张君瑞（白）：

我怎么敢这样呢！

张君瑞（唱）：

我将你做心肝儿般看待，
绝不玷污了你的清白。
忘餐废寝地害着相思病，
若不是真心忍耐，
忠心地等待，
怎能够使这相思苦尽甜来？

成就了今宵欢爱，
魂飞在九霄云外。
等到会见了你这多情的小姐，
憔悴形骸，
瘦似干柴。
今夜和谐，
犹自疑猜。
夜露滴湿了尘埃，
风静闲阶，

月照书斋，

夜雾笼罩着楼台。

这一切都看得明白，

只疑是昨夜梦中来，

愁无奈。

莺莺(白)：

我该回去了，怕夫人醒来寻找。

张君瑞(白)：

我送小姐出去吧！

张君瑞(唱)：

多丰韵，

多美丽。

猛一见教人把相思害，

一时不见教人怨，

一会儿的功夫就教人爱。

今宵欢会在碧沙厨，

何时重解香罗带。

红娘(白)：

来拜你娘，张先生、恭喜你。小姐咱们回去吧。

张君瑞(唱)：

春意透酥胸，

春色横眉黛，

贱却人间玉帛。

杏脸桃腮，

乘着月色，

娇滴滴越显得红白。

下香阶，

懒步苍苔，

动人处弓鞋凤头窄。

可叹我无才

谢小姐错爱。

张君瑞(白)：

若小姐不嫌弃小生，此情一心不变，

张君瑞(唱)：

你是必腾出工夫明夜早些来。

(并下)

十三、拷　红

“拷红”为原著第四本第二折，略有删节。这折戏是《西厢记》中戏剧矛盾最激烈的一幕。礼教和爱情的冲突，已毫无回旋的余地。作品通过红娘与老夫人的尖锐对立，热情地赞颂了莺莺与张生的爱情，淋漓尽致地表露了老夫人维护礼教，关心家族名声和女儿命运的矛盾心理。这场戏由红娘主唱，成功地塑造了红娘的形象，突出了她的特点，伶俐干练热情，而又慧敏。

在戏曲语言方面，无论曲辞和宾白都十分精彩，符合人物的身份、性格，生动而富有表现力。红娘的诙谐调侃，为戏剧增加了喜剧效果和幽默情趣。整场戏气氛热烈，风格和谐统一。

“拷红”在古典戏曲中堪称为思想艺术俱佳的折子戏，它既保留在戏剧史册上又永远活在戏曲舞台上，七百年来一直盛演不衰，是深受广大群众喜爱的剧目之一。

（夫人引俫上云①）这几日窃见莺莺语言恍惚②，神思加倍，腰肢体态，比向日不同。莫不做下来了么③？（俫云）前日晚夕，奶奶睡了④，我见姐姐和红娘烧香，半晌不回来。我家去睡了。（夫人云）这椿事都在红娘身上。唤红娘来（俫唤红科）（红云）哥哥，唤我怎么？（俫云）奶奶知道你和姐姐去花园里去，如今要打你哩。（红云）呀！小姐，你带累我也！小哥哥，你先去，我便来也。（红唤旦科）（红云）姐姐，事发了也。老夫人唤我哩，却怎了？（旦云）好姐姐遮盖咱！（红云）娘呵，你做的隐秀者⑤，我道你做下来也。（旦念）月圆便有阴云蔽，花发须教急雨催。（红唱）

【越调·斗鹌鹑】则著你夜去明来，到有个天长

---

① 俫（lái 来）：元杂剧中扮演孩子的角色。 ② 窃见：暗中发现。 ③ 做下来了：做下了丑事。这里指男女自由结合。 ④ 奶奶：母亲。 ⑤ 隐秀：当时的习语，本为才贤而不为人所知的意思。这里指莺莺与张生的秘密事。

地久；不争你握雨携云，常使我提心在口[1]。则合带月披星，谁著你停眠整宿？老夫人心数多[2]，情性㑇[3]；使不著我巧语花言，将没做有。

【紫花儿序】老夫人猜那穷酸做了新婿，小姐做了娇妻，这小贱人做了牵头[4]。俺小姐这些时春山低翠，秋水凝眸。别样的都休，试把你裙带儿拴，纽门儿扣，比著你旧时肥瘦；出落得精神[5]，别样的风流。

（旦云）红娘，你到那里小心回话者！（红云）我到夫人处，必问："小贱人！

【金蕉叶】我著你但去处行监坐守，谁著你迤逗的胡行乱走[6]？"若问著此一节呵如何诉休？我便索与他个"知情"的犯由[7]。

姐姐，你受责理当，我图甚么来？

【调笑令】你绣帏里效绸缪[8]，倒凤颠鸾百事有。我在窗儿外几曾轻咳嗽，立苍苔将绣鞋儿冰透。今日个嫩皮肤倒将粗棍抽，姐姐呵，俺这通

---

① 提心在口：担心害怕。 ② 心数：心计。 ③ 㑇（zhòu 纣）：性情固执，机巧。 ④ 牵头：同"撮合山"。即指牵线人。 ⑤ 出落得：表现得。 ⑥ 迤逗（yǐ dòu 乙豆）：勾引。 ⑦ 知情：了解情况。犯由：罪状。 ⑧ 绸缪（chóu móu 仇牟）：《诗经·唐风》有《绸缪》篇，后人因代称男女合欢。

殷勤的著甚来由？

姐姐在这里等著，我过去说过呵，休欢喜；说不过，休烦恼。(红见夫人科)(夫人云)小贱人，为甚么不跪下！你知罪么？(红跪云)红娘不知罪。(夫人云)你故自口强哩[①]。若实说呵，饶你；若不实说呵，我直打死你这个贱人！谁著你和小姐花园里去来？(红云)不曾去，谁见来？(夫人云)欢郎见你去来，尚故自推哩。(打科)(红云)夫人休闪了手，且息怒停嗔[②]，听红娘说：

【鬼三台】夜坐时停了针绣，共姐姐闲穷究[③]，说张生哥哥病久。咱两个背著夫人，向书房问候。(夫人云)问候呵，他说甚么？(红云)他说来，道"老夫人事已休，将恩变为仇，著小生半途喜变做忧"。他道："红娘你且先行，教小姐权时落后。"(夫人云)他是个女孩儿家，著他落后怎么！(红唱)

【秃厮儿】我则道神针法灸，谁承望燕侣莺俦。他两个经今月余则是一处宿，何须一一问缘由！

【圣药王】他每不识忧，不识愁，一双心意两相

① 故自：是"尚故自"的省语。即"尚自"的意思。 ② 嗔(chēn 郴)：怒。 ③ 穷究：谈心、聊天。

投。夫人得好休，便好休，这其间何必苦追求？

常言道“女大不中留”①。

(夫人云)这端事都是你个贱人。(红云)非是张生、小姐、红娘之罪，乃是夫人之过也。(夫人云)这贱人到指下我来，怎么是我之过？(红云)信者人之根本，“人而无信，不知其可也。大车无輗，小车无軏，其何以行之哉②？”当日军围普救，夫人所许退军者，以女妻之。张生非慕小姐颜色，岂肯区区建退军之策③？兵退身安，夫人悔却前言，岂得不为失信乎？既然不肯成其事，只合酬之以金帛，令张生舍此而去。却不当留请张生于书院，使怨女旷夫④，各相早晚窥视，所以夫人有此一端。目下老夫人若不息其事，一来辱没相国家谱；二来张生日后名重天下，施恩于人，忍令反受其辱哉？使至官司，夫人亦得治家不严之罪。官司若推其详，亦知老夫人背义而忘恩，岂得为贤哉？红娘不敢自专，乞望夫人台鉴：莫若恕其

---

① 女大不中留：当时成语。不中(zhòng)留，不可留、不能留。 ②“人而无信”五句：见《论语·为政》。輗(ní 尼)，古代大车的辕子上的横木。軏(yuè 悦)：小车辕上的横木。 ③ 区区：犹“拳拳”，即忠爱专一的意思。这里引申为“由衷”、“殷勤”。 ④ 怨女：指年长而未婚的女子。旷夫：指无妻的成年男子。

小过，成就大事，掮之以去其污①，岂不为长便乎？

【麻郎儿】秀才是文章魁首，姐姐是仕女班头②，一个通彻三教九流，一个晓尽描鸾刺绣。

【幺篇】世有、便休、罢手，大恩人怎做敌头？起白马将军故友，斩飞虎叛贼草寇。

【络丝娘】不争和张解元参辰卯酉③，便是与崔相国出乖弄丑。到底干连著自己骨肉，夫人索穷究。

（夫人云）这小贱人也道的是。我不合养了这个不肖之女。待经官呵，玷辱家门。罢罢！俺家无犯法之男，再婚之女，与了这厮吧。红娘，唤那贱人来！（红见旦云）且喜——姐姐！那棍子则是滴溜溜在我身上，吃我直说过了。我也怕不得许多。夫人如今唤你来，待成合亲事。（旦云）羞人答答的，怎么见夫人？（红云）娘根前有甚么羞？④

（旦见夫人科）（夫人云）莺莺，我怎生抬举你来？今日做这等的勾当。则是我的孽障⑤，待怨谁的是！我待经官

---

① 掮（ruán 堧）：即"掮就"，温存、迁就的意思。这里当做"作成"、"撮合"解。 ② 班头：头领、首领。 ③ 不争：当真。参辰卯酉：参星出于酉时，辰星出于卯时，此出彼没，两不相见。这里比喻人间的对头。 ④ 以下删［小桃红］"当日个月明才上柳梢头"一曲。 ⑤ 孽障：罪孽。

来，辱没了你父亲，这等事不是俺相国人家的勾当。罢罢罢！谁似俺养女的不长俊[①]！红娘，书房里唤将那禽兽来！(红唤末科)(末云)小娘子，唤小生做甚么？(红云)你的事发了也。如今夫人唤你来，将小姐配与你哩。小姐先招了也，你过去。(末云)小生惶恐，如何见老夫人？当初谁在老夫人行说来？(红云)休佯小心，过去便了。

【小桃红】既然泄漏怎干休？是我相投首[②]。俺家里陪酒陪茶到搁就[③]，你休愁；何须约定通媒媾？我弃了部署不收[④]，你元来苗而不秀[⑤]。呸！你是个银样镴枪头[⑥]。

(末见夫人科)(夫人云)好秀才呵，岂不闻"非先王之德行不敢行"[⑦]。我待送你去官司里去来，恐辱没了俺家谱。我如今将莺莺与你为妻，则是俺三辈儿不招白衣女婿[⑧]。你明日便上朝取应去，我与你养著媳妇。得官呵，

---

① 长俊：长进、体面。 ② 投首：自首。 ③ 到搁就：旧时男女两家成就婚姻，本来应该由男家主动向女家送礼求婚，现在倒转过来，由女家主动地做。到(dào 盗)，同"倒"。 ④ 部署：原是军营中将卒之擅长技击的人，后成为江湖拳棒教师的代称。 ⑤ 苗而不秀：《论语·子罕》中的句子。这里是"没出息"、"不中用"的意思。 ⑥ 银样镴枪头：中看不中用的意思。镴，铅、锡的合金，易溶化。 ⑦ 非先王之德行不敢行：是《孝经》中的话。 ⑧ 三辈儿：三世。白衣：没有功名、官职的人。

来见我。驳落呵[①],休来见我。(红云)张生早则喜也。

【东原乐】相思事,一笔勾,早则展放从前眉儿皱,美爱幽欢恰动头[②]。既能勾,张生,你覷兀的般可喜娘庞儿也要人消受。

(夫人云)明日收拾行装,安排果酒,请长老一同送张生到十里长亭去。(旦念)寄语西河堤畔柳,安排青眼送行人[③]。(同夫人下)(红唱)

【收尾】来时节画堂箫鼓鸣春昼,列著一对儿鸾交凤友。那其间才受你说媒红,方吃你谢亲酒。

(并下)

【翻译】

(夫人引欢郎上)

夫人(白):

这几天,我发现莺莺语言恍惚,精神倍增,腰肢体态,与往日不同,莫不是与那张生做出了丑事?

---

① 驳落:落榜。没有考取。 ② 恰动头:刚开头。 ③“寄语西河堤畔柳”二句:《中州集》称高汝励临终留诗有“寄语东门千树柳,安排青眼送行人”的句子。青眼,晋·阮籍能为青白眼,常以青眼对所爱重的人,后以“青眼”称对人喜爱和器重。

欢郎(白):

前天夜晚母亲睡了,我见姐姐和红娘烧香,半天不回来。我回家去睡了。

夫人(白):

这件事都在红娘身上,叫红娘来!

(欢郎叫红娘、红娘上)

红娘(白):

哥哥叫我做什么?

欢郎(白):

母亲知道你和姐姐到花园里去,如今要打你哩。

红娘(白):

呀!小姐,你连累我啦!小哥哥,你先去,我随后就来。

(红娘唤莺莺,莺莺上)

红娘(白):

小姐,事情被发现了,老夫人叫我哩,这怎么办?

莺莺(白):

好姐姐,遮盖着点儿呵!

红娘(白):

娘呵,你做的秘密事儿呵,我说你真的做出丑事来了。

莺莺(念白):

月圆便有阴云蔽，花发须教急雨催。

红娘（唱）：

只教你夜去明来，
倒会有个天长地久；
只为你们私下幽会，
常使我害怕得将心提在口。
只该带月披星，
谁教你与张生同眠整宿。
老夫人心数多，
性情执拗。
用不着我巧语花言
将没做有。

老夫人猜那穷秀才做了新婿，
小姐做了娇妻，
红娘做了牵头。
俺小姐这些日子双眉低垂，
眼含秋波。
别样的都休，
试把你裙带儿系，
纽绊儿扣，
比一比你从前的肥瘦，

出落得精神，

格外的风流。

莺莺(白)：

你到那里小心回话啊！

红娘(白)：

我到夫人那里，必定会问我："小贱人！

红娘(唱)：

我教你随时对小姐行监坐守，

谁教你勾引得她到处乱走？"

若问着这一段事呵，

如何诉说？

我便要告诉她，让她知道事情的始末根由。

红娘(白)：

小姐，你受责备，理所当然，我可图的什么呢？

红娘(唱)：

你绣帏里欢会绸缪，

倒凤颠鸾百事有。

我在窗儿外何曾敢轻咳嗽，

站在长满青苔的石阶上候，

绣花鞋儿被露水湿透。

今日嫩皮肤反被粗棍抽，

姐姐呵，

俺这样殷勤为甚缘由?

红娘(白):

小姐在这儿等着,我过去。说得过去,你不要欢喜;说不过去呵,也不要烦恼。

(红娘见夫人)

夫人(白):

小贱人,为什么不跪下!你知罪么?

(红娘跪地)

红娘(白):

红娘不知罪。

夫人(白):

你还故意强辩哩。若实说了,饶你;若不实说呵,我就打死你这个贱人!谁教你和小姐去花园里来?

红娘(白):

没有去过,谁看见来着?

夫人(白):

欢郎看见你去了,还故意推哩!

(夫人打红娘)

红娘(白):

夫人不要闪了手,请您不要生气,听红娘说。

红娘(唱):

夜坐时停了针绣,

与姐姐说闲话，

听说张生哥哥病久。

咱俩个背着夫人，

到书房问候。

夫人（白）：

问候呵，他说什么啦？

红娘（白）：

他说呵，

他说："老夫人危急事已经休，

将恩情变做仇，

教小生的喜事半途变作忧。"

他说："红娘你先走，

教小姐暂停留。"

夫人（白）：

她是个女孩儿家，教她怎么后走！

红娘（唱）：

我只说她去治病，

谁料到他们结下了燕侣莺俦？

他俩个至今一月余，

都是一处宿，

何必再一一问缘由？

他们不知忧，

不知愁，

一双心意两相投。

夫人能罢休时便罢休，

这中间何必苦追究？

常言道“女大不中留”。

夫人（白）：

这件事都怪你这个小贱人。

红娘（白）：

这不是张生、小姐和红娘的罪过，而是夫人您的过错。

夫人（白）：

这贱人反倒指责起我来，为什么是我的过错？

红娘（白）：

信者人之根本，“人而无信，不知其可也。大车无輗，小车无軏，其何以行之哉？”当日军围普救寺，夫人许诺，能退兵的人，便以女妻之。张生若不羡慕小姐的美貌，怎么肯提出退军的计策？退兵后，全家获得安宁，夫人却悔掉诺言，这岂不是失信吗？既然不肯叫他们成亲，就该送给他钱财表示感谢，并教张生离去。万不该留请张生住在书院，使怨女旷夫互相窥视，所以夫人犯了一个错误。目前，老夫人若不平息这件事，一来辱没相国的家声；二来张生日后名扬天下，他对人有恩，怎能反受侮辱？假使告到衙门，老夫人也有治家不严之罪，官府若追究详情，也会了解到老夫人背义忘恩的行为，怎么能算得上是贤德的人呢？红娘不敢自以为是，恳求夫人明察：不如宽恕他们的小过，为他们成就了大事，遮掩了这一段不检点的行为，岂不是个好办法吗？

红娘（唱）：

秀才是文章魁首，
姐姐是仕女班头；
一个通晓三教九流，
一个晓尽描鸾刺绣。

这种事从来就有，
只好罢休、罢手，
大恩人怎能当做冤家对头？
请来白马将军故友，
杀退孙飞虎叛贼草寇。

若当真和张生作对追究，
便是与崔相国出乖弄丑。
归根到底牵连着自己骨肉。
望夫人仔细考究。

夫人(白):

这小贱人也说的是。我不该养了这个不肖女儿,想要见官呵,又怕玷辱了家门。罢,罢!我家无犯法之男,再婚之女,就将莺莺嫁给这小子吧。红娘,叫那贱人来!

(红娘见莺莺)

红娘(白):

恭喜,小姐!那棍子只是滴溜溜不停地在我身上转,被我说过去了,我也怕不得许多了。夫人现在叫你过去,打算为你们成亲。

莺莺(白):

羞人答答的,怎么见夫人?

红娘(白):

娘面前有什么羞?

(莺莺见夫人)

夫人(白):

莺莺,我平日是怎么照料你的?今日竟做出这样的事情。只是我的孽障,还埋怨谁去呢!我打算见官去,又玷污了你父亲,这样的事,不是咱们相国人家做的。罢罢罢!谁像我养的女儿这样不长进。红娘去书房里叫那禽兽来!

(红娘唤张君瑞)

张君瑞(白):

红娘唤我做什么？

红娘（白）：

你做的事暴露了，现在夫人唤你呢，他将小姐许配与你了。小姐先招认了，你过去。

张君瑞（白）：

我害怕，怎么去见老夫人？当初谁在老夫人面前说的？

红娘（白）：

不要假装胆小，过去就是了。

红娘（唱）：

既然事情已泄漏，
老夫人怎会干休？
是我去自首。
俺家里倒陪茶酒，
把事情迁就。
你休愁，
何须约定通媒媾。
我宁愿不做师傅，
也不把你这徒弟收。
你原来如此不中用，
呸！你是个银样镴枪头。
（张君瑞拜见老夫人）

夫人(白):

好个秀才呵,难道没有听说“非先王之德行不敢行”?我打算送你去官府吧,又恐怕玷辱了我们相国的家门。我现在把莺莺许你为妻,只是我家三代人不招白衣女婿。你明日便到京城应考去,我为你养着媳妇。得了官呵,来见我,若考试落榜呵,不要回来。

红娘(白):

张先生,恭喜啦。

红娘(唱):

相思事,

一笔勾,

早就舒展开皱起的眉头,

美爱幽欢刚开头,

既能够结侣俦,

红娘(白):

张生你看。

红娘(唱):

这样漂亮的人儿,

要你来消受。

夫人(白):

明日收拾行装,安排酒果,请长老一同送张生到十里长亭去。

莺莺(念白)：

寄语西河堤畔柳，安排青眼送行人。

(莺莺同夫人下)

红娘(唱)：

回来时画堂箫鼓鸣春昼，
并列着一对儿鸾交凤友。
那时候才受你的说媒红，
方吃你的谢亲酒。

(红娘与张君瑞并下)

十四、送　别

“送别”为原著第四本第三折，通称“长亭送别”，这场戏进一步揭示了宗法社会婚姻制度和爱情的对立。老夫人虽然答应莺莺与张生的结合，但出于门当户对的封建婚姻观念，责令张君瑞第二天便“上朝取应”去，崔、张在老夫人冷酷无情的决定面前，被迫分别。“送别”把矛盾焦点集中在对科举功名态度的问题上。尖锐的矛盾使莺莺内心无比痛苦，她强烈地谴责了功名科举，唱出了“蜗角虚名，蝇头微利，拆鸳鸯在两下里”的怨愤。这就把莺莺对爱情、幸福的追求升华到一个新的高度，她否定了世俗的传统偏见。

“送别”虽然是按时间顺序，事件的进程来写，但是文章却从莺莺的万千思绪中随时生发开去，淋漓尽致地描绘了莺莺送别时的内心世界。戏中十九段感情激荡的抒情唱词，写出了她对张生的依恋，对老母的埋怨，对亲人旅途的担心，对婚姻前程的忧虑。生动、细腻地表现了她极度悲伤的痛苦心境。

“送别”在语言运用方面有极高的成就。[正宫·端正好]是千古传诵的名曲，它通过云、风、花、雁和霜林等具体景物形象、生动地渲染出莺莺送别时的离情别绪。是写景，也是写情，情景交融，意境深沉，文辞优美而富有诗意。[叨叨令]曲则用日常生活中平凡习见的物件铺写离人相思之苦，特别是成功地运用了重叠词，组成回环反复的词句，把莺莺此时相思的痛苦心境，如泣如诉地展现出来。[快活三]、[耍孩儿]诸曲，如同从心底流出，凝炼、准确、全无修饰，既文雅而又通俗，与前后曲相连，浑然一体，浓淡相宜，表现了王实甫“文而不文，俗而不俗”(周德清《中原音韵》)的语言风格，为戏曲语言的文学性提供了典范。

(夫人长老上云)今日送张生赴京,就十里长亭,安排下筵席。我和长老先行,不见张生小姐来到。(旦末红同上)(旦云)今日送张生上朝取应。早是离人伤感,况值那暮秋天气,好烦恼人也呵!悲欢聚散一杯酒,南北东西万里程。

【正宫·端正好】碧云天,黄花地[1],西风紧,北雁南飞。晓来谁染霜林醉?总是离人泪。

【滚绣球】恨相见得迟,怨归去得疾。柳丝长玉骢难系[2],恨不得倩疏林挂住斜晖[3]。马儿迍迍的行[4],车儿快快的随,却告了相思回避[5],破题儿又早别离[6]。听得道一声"去也",松了金钏;遥望见十里长亭,减了玉肌。此恨谁知!

(红云)姐姐今日怎么不打扮?(旦云)你那知我的心哩!

【叨叨令】见安排著车儿、马儿、不由人熬熬

---

①"碧云天"二句:宋·范仲淹词《苏幕遮》有"碧云天,黄叶地"的句子。 ② 玉骢(cōng 匆):青白两色杂毛的马。这里泛指马。 ③ 倩:请。斜晖:落日。 ④ 迍迍(zhūn zhūn 准准阴平):行动迟缓的样子。 ⑤ 回避:告退、躲开,这里是说相思刚刚结束的意思。 ⑥ 破题儿:唐宋人称诗赋的起首,为"破题",引申为事情的开始。

煎煎的气。有甚么心情将花儿、靥儿[①]，打扮的娇娇滴滴的媚。准备著被儿、枕儿、则索昏昏沉沉的睡[②]。从今后衫儿、袖儿、都揾湿做重重叠叠的泪[③]。兀的不闷杀人也么哥[④]，久已后书儿、信儿、索与我恓恓惶惶的寄[⑤]。

(做到了科，见夫人了)(夫人云)张生和长老坐，小姐这壁坐。红娘将酒来。张生，你向前来，是自家亲眷，不要回避。俺今日将莺莺与你，到京师休辱末了俺孩儿，挣揣一个状元回来者[⑥]。(末云)小生托夫人余荫[⑦]，凭著胸中之才，觑官如拾芥耳[⑧]。(洁云)夫人主张不差，张生不是落后的人。(把酒了，坐)(旦长吁科)

【脱布衫】下西风黄叶纷飞，染寒烟衰草萋迷[⑨]。酒席上斜签著坐的[⑩]，蹙愁眉死临侵地[⑪]。

---

① 靥(yè 夜)儿：古代妇女贴在颊边的饰物，又称花靥。一说，面颊上的酒窝，古代妇女习惯在这里施抹朱粉。 ② 则索：只得，只能。 ③ 揾(wè 问)：揩拭。 ④ 兀(wù 悟)的：这。也么哥：语助词。 ⑤ 索：须。恓恓惶惶：悲伤不安的样子。 ⑥ 挣揣(chuài 踹)：夺取。 ⑦ 荫(yìn 印)：子孙因先辈有功而被封赐官爵叫“荫”。 ⑧ 芥(jiè 戒)：小草。拾芥、拾拣小草。这里形容轻而易举。 ⑨ 寒烟：秋雾。萋迷：迷茫不清。 ⑩ 斜签著坐的：即斜插着坐的。古时晚辈侍坐的一种坐式。这里指张生。 ⑪ 蹙(cù)：皱、收缩。死临侵地：无精打采死气沉沉的样子。临侵，形容疲累的样子。

【小梁州】我见他阁泪汪汪不敢垂，恐怕人知。猛然见了把头低，长吁气，推整素罗衣。

【幺篇】虽然久后成佳配，奈时间怎不悲啼[①]。意似痴，心如醉，昨宵今日，清减了小腰围。

（夫人云）小姐把盏者！（红递酒了，旦把盏长吁科云）请吃酒！

【上小楼】合欢未已，离愁相继。想著俺前暮私情，昨夜成亲，今日别离。我谂知这几日相思滋味[②]，却元来此别离情更增十倍。

【幺篇】年少呵轻远别，情薄呵易弃掷。全不想腿儿相压，脸儿相偎，手儿相携。你与俺崔相国做女婿，妻荣夫贵，但得个并头莲，煞强如状元及第。

（夫人云）红娘把盏者！（红把酒科）（旦唱）

【满庭芳】供食太急，须臾对面[③]，顷刻别离。若不是酒席间子母每当回避，有心待与他举案齐眉。虽然是厮守得一时半刻[④]，也合著俺夫妻每共桌而食。眼底空留意，寻思起就里，险化做望夫石。

---

① 奈时间：无奈眼前这个时候。时间，目前。 ② 谂（shěn 审）知：深知。 ③ 须臾（yú 于）：短时间。 ④ 厮守：相守。

(红云)姐姐不曾吃早饭,饮一口儿汤水。(旦云)红娘呵,甚么汤水咽得下!

【快活三】将来的酒共食①,尝著似土和泥;假若便是土和泥,也有些土气息,泥滋味。

【朝天子】暖溶溶玉醅②,白泠泠似水③,多半是相思泪。眼面前茶饭怕不待要吃④,恨塞满愁肠胃。蜗角虚名,蝇头微利⑤,拆鸳鸯在两下里。一个这壁,一个那壁,一递一声长吁气。

(夫人云)辆起车儿⑥,俺先回去,小姐随后和红娘来。(下)(末辞洁科)(洁云)此一行别无话说,贫僧准备买登科录看⑦,做亲的茶饭少不得贫僧的。先生在意,鞍马上保重者!从今经忏无心礼,专听春雷第一声。(下)(旦唱)

【四边静】霎时间杯盘狼籍,车儿投东,马儿向西。两意徘徊,落日山横翠。知他今宵宿在那里?有梦也难寻觅。

---

① 将:拿。 ② 玉醅(pēi 胚):美酒。醅,未滤的酒。③ 白泠泠(líng 灵):洁白明澈。 ④ 怕不待:怎么不,何尝不。⑤ "蜗角"二句:是苏轼《满庭芳》里的词句。蜗角,这里是细微的意思。蜗角虚名,微小而空虚的名誉。《庄子·则阳》篇里说蜗牛两个触角里的两个国家为互争地盘而斗,损失很重,得不偿失。蝇头微利,这里也是细微的意思。 ⑥ 辆起车儿:套上车子。 ⑦ 登科录:科举考试后录取的姓名册。

张生，此一行得官不得官，疾早便回来。(末云)小生这一去，白夺一个状元，正是：青霄有路终须到，金榜无名誓不归。(旦云)君行别无所赠，口占一绝，为君送行：弃掷今何在，当时且自亲。还将旧来意，怜取眼前人[①]。(末云)小姐之意差矣，张珙更敢怜谁？谨赓一绝[②]，以剖寸心：人生长远别，孰与最关亲？不遇知音者，谁怜长叹人？(旦唱)

【耍孩儿】淋漓襟袖啼红泪[③]，比司马青衫更湿[④]。伯劳东去燕西飞，未登程先问归期。虽然眼底人千里，且尽生前酒一杯。未饮心先醉[⑤]，眼中流血，心里成灰。

【五煞】到京师服水土，趁程途节饮食，顺时自保揣身体[⑥]。荒村雨露宜眠早，野店风霜要起迟！鞍马秋风里，最难调护，最要扶持。

【四煞】这忧愁诉与谁？相思只自知，老天不管

---

① “弃掷今何在”四句：是元稹《会真记》中的诗句。 ② 赓(gēng 庚)：续。 ③ 红泪：《拾遗记》记载说：薛灵云被选入宫时，与父母临别时，用玉壶接眼泪，壶里的泪水是红色的。 ④ 司马青衫：唐代白居易任江州司马时，写了一首《琵琶行》，其中有“座中泣下谁最多，江州司马青衫湿”。 ⑤ 未饮心先醉：宋·柳永《诉衷情近》词句。 ⑥ 揣(chuǎi 踹上声)：量度、估量。

人憔悴。泪添九曲黄河溢，恨压三峰华岳低[①]。到晚来闷把西楼倚，见了些夕阳古道，衰柳长堤。

【三煞】笑吟吟一处来，哭啼啼独自归。归家若到罗帏里，昨日个绣衾香暖留春住，今夜个翠被生寒有梦知。留恋你别无意，见据鞍上马，阁不住泪眼愁眉。

(末云)有甚言语嘱付小生咱？(旦唱)

【二煞】你休忧文齐福不齐，我则怕你停妻再娶妻。你休要一春鱼雁无消息[②]！我这里青鸾有信频须寄，你却休金榜无名誓不归。此一节君须记：若见了那异乡花草，再休似此处栖迟。

(末云)再谁似小姐？小生又生此念。(旦唱)

【一煞】青山隔送行，疏林不做美，淡烟暮霭相遮蔽。夕阳古道无人语，禾黍秋风听马嘶。我为甚么懒上车儿内，来时甚急，去后何迟？

(红云)夫人去好一会，姐姐，咱家去！(旦唱)

【收尾】四围山色中，一鞭残照里。遍人间烦恼

---

① 三峰：即指华山的莲花峰、毛女峰、松桧峰。 ② 一春鱼雁无消息：宋·秦少游《鹧鸪天》里的词句。

填胸臆，量这些大小车儿如何载得起[1]？

（旦红下）（末云）仆童赶早行一程儿，早寻个宿处。泪随流水急，愁逐野云飞。（下）

【翻译】

（夫人长老法本上）

夫人（白）：

今日送张生去京城应考，在十里长亭，安排下筵席。我和长老先行一步，还不见张生、小姐到来。

（莺莺、张君瑞、红娘同上）

莺莺（白）：

今日送张生进京考试，已是十分伤感，何况又逢暮秋天气，就使人更加烦恼呵！悲欢聚散一杯酒，南北东西万里程。

莺莺（唱）：

碧云天，

黄花地，

西风紧，

北雁南飞，

① 这些大小：这里的"大小"偏重于"小"，是"这么大点儿"的意思。形容烦恼之事。

晓来谁染霜林醉？
总是离人泪。

恨相见得迟，
怨分别得疾。
路边的柳丝虽长，
难把你的马儿系，
恨不得请疏林挂住斜晖。
马儿慢慢地行，
车儿快快地随。
刚刚结束了相思，
又开始了别离。
听得说一声“去也”，
松了金钏，
遥望见十里长亭，
减了玉肌：
此恨谁知？

红娘（白）：

小姐今日怎么不打扮？

莺莺（白）：

你哪里知道我的心呵？！

莺莺（唱）：

见安排着车儿、马儿，
不由人熬熬煎煎地气，
有什么心情戴那花儿、靥儿，
打扮得娇娇滴滴的媚。
准备着被儿、枕儿，
只得昏昏沉沉地睡。
从今后衫儿、袖儿，
都用来揩抹重重叠叠的泪。
好不闷死人呵！
好不闷死人呵！
久别后书儿、信儿，
要与我恓恓惶惶地寄。

（莺莺、张生、红娘来到长亭，与夫人相见）

夫人（白）：

张生和长老请坐，小姐这边坐。红娘拿酒来。张生你向前来，已是自家亲眷，不要躲避。我现在将莺莺许配与你为妻，到京师不要辱没了我的孩儿，考取一个状元回来呵。

张君瑞（白）：

我托夫人余下的福分，凭着胸中的才学，视取功名如同捡拾草芥一样。

法本（白）：

夫人所见不差，张先生不是落后的人。

（法本敬酒后，复又入坐。莺莺长叹气）

莺莺（唱）：

秋风吹落的黄叶纷飞，
秋雾笼罩着的衰草凄迷。
酒席上斜插着坐的，
紧皱愁眉呆呆地没有生气。

我见他眼泪汪汪不敢垂，
恐怕人知。
猛然见了忙把头低，
长吁气，
推整素罗衣。

虽然以后美满婚姻成佳配，
奈何眼前的这时间里，
怎能不令人悲啼。
意似痴，
心如醉，
昨宵今日，
瘦损了小腰围。

夫人（白）：

小姐敬酒吧！

（红娘将酒斟好递给莺莺，莺莺接过酒杯，长叹）

莺莺（白）：

请吃酒！

莺莺（唱）：

团聚的欢乐未已，
离别的忧愁相继。
想着我们以前相会的私情。
昨夜成亲，
今日别离。
我深知这几日相思滋味！
原来这别离情更增十倍。

年轻的人呵轻视远别，
薄情的人呵容易把人抛弃。
全不想腿儿相压，
脸儿相偎，
手儿相携。
你与俺崔相国做女婿，
已是妻荣夫贵，
只要夫妻相聚如并头莲，
便胜过状元及第。

夫人(白):

红娘敬酒吧!

(红娘敬酒)

莺莺(唱):

饭食送来的太急,

短时间对面,

顷刻间别离。

若不是酒席间母子们当回避,

有心要与他举案齐眉。

虽然是相守得一时半刻,

也应当让我们夫妻共桌而食。

眼底空留意,

寻思起这离别事,

险些儿化做了望夫石。

红娘(白):

姐姐没吃早饭,喝一口汤水吧。

莺莺(白):

红娘,甚么汤水能咽得下!

莺莺(唱):

拿来的酒共食,

尝着似土和泥。

假如真是土和泥,

也有些土气息，

泥滋味。

暖溶溶美酒，

清冷冷似水，

多半是相思泪。

眼面前茶饭何尝不要吃，

离愁别恨塞满了肠胃。

为了蜗角虚名，

为了蝇头微利，

拆散鸳鸯在两下里。

一个这壁，

一个那壁，

一递一声长吁气。

夫人(白)：

套起车子，我先回去，小姐随后和红娘回来。

(夫人下、张君瑞与法本告辞)

法本(白)：

对于你进京应考，没有什么可说的，我准备着买登科录看，你结婚的喜酒是少不了我的。先生注意，旅途上多多保重呵！从今后经忏无心礼，专听春雷第一声。

(法本下)

莺莺(唱):

霎时间杯盘狼藉,

车儿投东,

马儿向西。

两意徘徊,

落日山横翠。

知他今宵住在哪里?

有梦也难寻觅。

莺莺(白):

张生,这一去得官不得官,疾早便回来。

张君瑞(白):

我这一去,白夺一个状元,正是:青霄有路终须到,金榜无名誓不归。

莺莺(白):

你此行,别无所赠,口占一绝,为你送行:弃掷今何在,当时且自亲,还将旧来意,怜取眼前人。

张君瑞(白):

小姐之意差矣,张珙更敢怜谁?谨赓一绝,以剖寸心:人生长远别,孰与最关亲?不遇知音者,谁怜长叹人?

莺莺(唱):

我的襟袖洒满了眼泪,

比司马青衫更湿。
夫妻分离，
像伯劳鸟东去燕儿西飞，
还没有登程先问归期。
虽然眼里的人儿远走千里，
且饮完这分别前的酒一杯。
未饮心先醉，
眼中流血，
心内成灰。

到京师服水土，
趁程途节饮食，
适应节令要保重身体。
荒村雨露宜眠早，
野店风霜要起迟！
鞍马秋风里，
最难调护，
最要扶持。

这忧愁诉与谁？
相思只自知，
老天不管人憔悴。

泪添九曲黄河溢，

恨压三峰华岳低。

到晚来闷把西楼倚，

见了些夕阳古道，

衰柳长堤。

笑吟吟一处来，

哭啼啼独自归。

归家若到罗帏里，

昨日个绣衾香暖留春住，

今夜个翠被生寒有梦知。

留恋你别无意，

见据鞍上马，

阁不住泪眼愁眉。

张君瑞(白)：

小姐，有什么言语嘱咐我呵？

莺莺(唱)：

你休忧文齐福不升，

我只怕你停妻再娶妻。

你休要一春鱼雁无消息！

我这里青鸾有信频须寄，

你却休金榜无名誓不归。

此一节君须记：

若见了那异乡花草，

再休似此处栖迟。

张君瑞(白)：

还有谁能像小姐这样，我又生此念。

莺莺(唱)：

青山隔送行，

疏林不做美，

淡烟暮霭将送行人遮蔽。

夕阳古道无人语，

禾黍秋风听马嘶。

我为什么懒上车儿内，

来时甚急，

去后何迟？

红娘(白)：

夫人已经走好半天了，姐姐！我们回家去！

莺莺(唱)：

四围山色中，

一鞭残照里，

遍人间烦恼填胸臆，

量这些大小车儿如何载得起！

(莺莺、红娘下)

张君瑞(白):

仆童趁早行一程儿,早寻个住的地方。泪随流水急,愁逐野云飞。

(张君瑞与仆童下)

《古代文史名著选译丛书》编纂始末[①]

马樟根　安平秋

今年1月，《古代文史名著选译丛书》已经出到100种101册(其中《史记》为2册)。4月份，最后的33种也已交稿。这样，全书133种即将呈献在读者面前。[②] 一项服务当前、造福子孙的普及优秀古代文化、进行爱国教育的大工程将宣告完工了。回想

---

①《古代文史名著选译丛书》由全国高校古籍整理研究工作委员会主持，古委会直接联系的18个古籍整理研究所为主要承担机构，章培恒、安平秋、马樟根任主编。本文于1992年4月，在《中国典籍与文化》杂志发表时题目是《衣带渐宽终不悔——〈古代文史名著选译丛书〉编纂始末》。这次将此文作为2011年修订版附录时，去掉原正标题，以原副标题为正式题目。 ② 至1994年4月最后定稿时，全书为135部。2011年修订版出版时，全书为134部。

这一套丛书动员18所院校，投入100余人，从1985年筹划，1986年起步，到今天已度过了六七年的岁月，个中甘辛令人难以忘怀。

一、北大·苏州·北大

——酝酿与筹划

编纂这样一套丛书，起因于1981年7月。当时陈云同志派人到北京大学召开了小型座谈会。来人告诉与会人员陈云同志最近在考虑两个问题：一个是粮食，一个是古籍整理。对古籍整理，特别讲到陈云同志说："整理古籍，为了让更多的人看得懂，仅作标点、注释、校勘、训诂还不够，要有今译，争取做到能读报纸的人多数都能看懂。有了今译，年轻人看得懂，觉得有意思，才会有兴趣去阅读。今译要经过选择，要列出一个精选的古籍今译的目录，不要贪多。"这就是后来收入《陈云文选》的那段话。1981年9月，中共中央关于整理我国古籍的文件中一字不差地强调了这段话。1983年，教育部成立了全国高校古籍整理研究工作委员会（简称古委会）。古委会主任周林同志根据中央和陈云同志意见，提出了组织力量今译古籍。但在当时，经过"文革”后的古籍整理工作百废待兴，加之一些学者对今译重要性的认识远非今日之深，这一工作一拖便是两年。

1985年5月，全国高校古委会在苏州召开了一届二次会议。周林同志在会上作了“人才培养和古代文化遗产普及问题”的专题发言，他分析了“解放三十多年来，由于‘左’的路线干扰，特别是‘文化大革命’，几乎使我们的民族文化到了中断的边缘，出现了对古代文化知之不多，或知之甚少的状况”，要教育界的同志“做好普及古代文化知识的工作”，搞好古籍的今注今译就是其中的一项重要任务，“高校古委会要在这方面多下功夫”，“高校古籍研究所无疑应担负起这个任务”。他针对当时一些人轻视古籍的今注今译思想，呼吁“我们对于选本、今译等有利于教育普及的东西，应承认它的学术价值”，“《昭明文选》、《唐诗三百首》、《古文观止》等是地道的选本，流传几百年，发生那么大的影响，能说没有水平？”“专家们深入浅出的在对古文献研究基础上的译注，对普及古代优秀文化作出重大贡献，算不算高水平的成果呢？”“古文既要译得恰当、准确，又要通畅易懂，难度是很大的”，“为了社会主义精神文明建设，古籍整理这方面也要作出应有的贡献”。一石激浪，沉寂了几年的今译古籍的话题又重新活跃起来。会上作了一番认真讨论。

经过这样的酝酿，1985年7月，全国高校古委会科研项目评审组的专家们聚集在北京大学勺园，筹划编纂一套古籍今译的精选本。初步定名为《古籍今译丛书》，议定了收书范围、内容，开列了65种书的选目。并决定由科研项目专家评审组召集人、复旦大学古籍所所长章培恒教授和参加过陈云同志在北大召开座谈会、当时古委会主管科研工作的副秘书长安平秋同志共同负责，与秘书处同志一起具体筹划。经几个月的筹备，决定由古委会直接联系的18个高校古籍研究所承担这一工作，组成编委会，并开列出89种书的选目，对选译的进度、规划亦作了设计。此时，几家出版社闻讯而至，表示愿意出版这套丛书。最早与我们联系的巴蜀书社的段文桂社长以其强烈的事业心和对古籍今译的高度重视感动了我们，于是决定邀请巴蜀书社编辑参加第一次编委会议。

二、从柳浪闻莺到桂子山上

——第一批书稿的产生

第一次编委会于1986年5月在杭州柳莺宾馆

召开。宾馆因位于西湖十景之一的柳浪闻莺而得名。全国高校18个研究所的24名学者和有关人员聚集在这风景胜地,无心观柳,亦无从闻莺,紧张地工作了三天。会上确定了这套普及读物的读者对象是具有中等以上文化程度的广大群众,收书范围是中国历代文史名著,在名著之中选精。所选书目,在原拟89种基础上,调整为116种,以形成系统性。书中选篇之下分提示、原文、今译、注释四部分,以译文为主,书前有一前言,书中加入必要的插图。每一种书约10—15万字。书名确定为《古代文史名著选译丛书》。即由到会的24位学者组成丛书编委会①,由章培恒、马樟根、安平秋三人任主编。于是,编委会立即分成三个工作小组,在会上分头拟出丛书《凡例》、《编写、审稿要求》和《文稿书写格式》,经讨论修改而形成了正式文字以供遵循。在

① 编委会成员按姓氏笔划排列为:
马樟根　平慧善　安平秋　刘烈茂　许嘉璐　李国祥
金开诚　周勋初　宗福邦　段文桂　董治安　倪其心
黄永年　章培恒　曾枣庄(以上为常务编委)
王达津　吕绍纲　刘仁清　刘乾先　李运益　杨金鼎
曹亦冰　常绍温　裴汝诚(以上为编委)

自报的前提下，会上确定了由18个研究所承担前40部书的今译任务，要求当年年底完成。古委会主任、丛书顾问周林同志对编委会的认真精神、紧张工作和显著效率十分赞赏，他说："有这样一个编委会，有这样一个阵容来做选译，使中国历史文化不成为专属于少数人的知识，使能看报纸的人都读懂自己民族的名著，从而树立爱国主义、建设有民族特色的精神文明，其意义之深远将会在今后愈益显露出来。"于是，有1000余万字的大工程便从这里开始了。

当年年底各研究所的今译书稿经作者完成后，由在该所的编委审改，到1987年5月和7月，先后在复旦大学、北京大学两次召开编委审稿会。这种审稿会，说是审稿，实际上是边审边改，字斟句酌，每部书稿必须经一位编委、一位常务编委审改把关，经过这样两道工序，汇总到主编手中，40部书稿通过了25部。其中部分书稿赶印了样稿征求意见。于是周林同志于7月6日在北大临湖轩邀请了在京十几位专家与正在审稿的编委一起研究样稿，探讨如何提高这套今译丛书的质量。

根据编委审稿发现的问题和在京专家们的意

见，丛书亟需在已定体例的框架中条列细则；而出版单位巴蜀书社又希望所出版的第一批书为50种以便形成格局，需要布置各研究所承担新的今译任务。这样，1987年10月在华中师范大学再次召开了编委会，又请了詹锳、周振甫、刘乃和、郭预衡等先生到会指导。

这次编委会是在审看了40部书稿后，发现了一大批问题亟待解决，又是在需要布置下一步任务的状况下召开的，是一次承上启下的编委会。会议初期人们的心情和会上的气氛都带有一股子严峻与急切。会议从5日到8日开了三天半。但是在4日晚上开预备会的时候，主编章培恒先生尚未到会，亦无他是否已从上海出发的信息。5日上午就要开会了，主编不到怎么行呢？5日一早，我们还在沉睡之中，忽听有人敲门，进来的竟是章培恒！一向风神儒雅、衣装考究的章培恒先生，此时却是一身尘灰、满脸疲惫地站在我们面前。原来他从上海出发前，未能买到机票或船票，而上海到武汉又没有直达火车，只好先从上海坐火车到长沙，为了不误5日上午开会，他只好买了一张无座票，夜间从长沙出发一直站到武昌。一向走路辨不清方向的章培恒竟然在夜色未退之前一人从车站摸到了华中师大专家楼，也算是奇迹。

这次编委会，从体例的具体要求、书中选篇是否合适、每篇中的提示如何写、注释的繁简和语言的通俗性，到今译的信达雅如何把握，例如李白的“床前明月光，疑是地上霜，举头望明月，低头思故乡”这样通俗的诗是否要翻译，在在都有热烈的争论。感谢编委们的努力和学术判断力，最后终于形成了一个《细则》，一切争论都统一在这个《细则》之上。编委们在思想明确、分得新的任务之后，显出了少有的轻松与喜悦。会议结束正逢中秋节，华中师大的专家楼坐落在武昌桂子山上。入夜，桂子山上举行了赏月茶会，几张方桌，围坐着全体编委和特邀到会专家。天上明月如盘，清辉洒地，眼前桂树葱茏，桂花飘香，华中师大古籍研究所的青年们活跃席间，引得王达津先生即席赋诗，刘乃和先生清唱京戏。这气氛预示着《古代文史名著选译丛书》克服了当前的困难，第一批50种书稿有如母腹中的胎儿，快要降生了。

三、华清池畔的愁云与人民大会堂的欢欣

——第一批书出版的柳暗花明

1988年10月，编委们再一次聚会，审定第一批

50种中的最后十几部书稿、修改第二批50种中的大量书稿。这次审稿是在“东枕华山、西拒咸阳”的骊山脚下、华清池滨的一家招待所。这里古朴而不豪华，食宿低廉却又实惠，审稿之余，左近有风景可观，有古迹可寻，房内有43℃的温汤沐浴，编委们平日在校教学、科研工作劳累而生活清苦，如今有这样的环境与条件，感到少有的惬意。我们作为主编觉得这也是对编委们两年来辛勤编书的一点补偿。但这种适意之感很快就被两件事所驱散。一件事是书稿的质量。几十部书稿交来，一经审看，从注译到体例完全合格的只有寥寥可数的三四部，余下的，或需小改，或需大改，或根本不合格需退回重作。另一件事是出版发行成了问题。到会的巴蜀书社副社长黄葵同志向大家通报了即将印出的16本书征订情况，最多的为2000册，且只有一种，其他的只有800册、600册，甚至还有200余册。征订不佳，销路不畅，出书要赔钱，出版社为难，编委们又无计可施。此时哪还有心思去观赏“骊山云树郁苍苍，历尽周秦与汉唐”？也无心绪登上骊山，在烽火台前怀古。且正值“楼台八月凉”的节令，只有华清池畔秋雨飘零，秋风瑟瑟，落叶满地，不禁愁从中来。

愁则愁，还得面对现实。书稿质量不高，靠到会近20位编委十余天的逐字逐句修改，终于改定合格17部。至于出版发行问题，巴蜀书社的朋友费心经营，重新设计了封面，改进装帧，将第一批50种装成一个大礼品盒，成盒出售。从中又得到了国家新闻出版署、四川省出版局、国家教委有关司局和各省市教委的大力支持与帮助，发行面得以扩大，到了1990年下半年，首印的17000套书销售已尽，而问讯、索购者不绝，出版社决定再印30000套以供读者需要。中央领导了解到这套丛书受到读者欢迎，欣然为丛书题辞，江泽民总书记的题辞是"做好我国古代文史名著的传播普及工作，使其古为今用，以发扬爱国主义精神"，李鹏总理的题辞是"弘扬民族优秀文化，激励爱国主义精神"。李瑞环同志也为丛书题了辞。

1990年8月22日在北京人民大会堂召开了《古代文史名著选译丛书》出版座谈会。国家领导人李铁映、胡乔木、李德生、陈丕显、廖汉生、王汉斌、王光英出席，古委会主任周林同志主持会议，到会各阶层代表在发言中从不同角度肯定了这套书对促进青少年了解历史、了解国情、了解中华民族优秀传统文化、进行爱国主义教育的作用。时值盛夏，却逢喜雨，洗却了编委和出版社同志心中的忧虑，参加大会堂座谈会的13名常务编委会后又聚集在北京大学讨论深入认识编纂这套丛书的重大意义，研究审改好第二批书稿的具体措施。

四、从舜耕山庄耕作到乐山脚下

——第二批书稿审定之艰辛

第二批书稿50种50册，是1987年10月布置的。1988年10月在西安审改合格的17部书稿都已放入第一批中以替换原已通过的第一批中质量较差的书稿。这样，第二批书稿当时余下的已完成的有20余部，却都不合格，只能要求译注者和编委再行修改。一年之后，编委会汇总来重新改好和新译注交来的第二批书稿44部，1989年10月于济南千佛山下的舜耕山庄召开了常务编委审稿会。

这次审稿，发现的问题较多。有的选目不当，如有的史书重要人物的传不选却选入无关紧要而又无学习价值的人物传，有的名家的文章名篇不选却选入既无文学价值又无借鉴意义的篇章。有的选译所依据的底本不当，舍弃现有的精校本却用校勘不善的本子。有的虽有根据地改动正文却只在注释中说"原作……据别本改",而不指明据何本改。有的注释过繁,不利于一般读者阅读;有的注释极简,该注释的地方不注,使广大读者看了译文仍无法理解全文的精妙;而更多的是注释不准确,对一字一词增字为训而歪曲了原意的毛病也较普遍。译文问题更多,有的语义不清,佶屈聱牙,把"三顾频烦天下计,两朝开济老臣心"译为"三顾茅庐频烦为天下大计,两朝事业开济尽老臣忠心",有的为追求通俗生动把"君何往"中的"君"译为"老兄"。每篇的提示,有的写得很长变成了文章赏析,有的虽短却不中肯綮,用了类似"文革"期间的语言扣几顶大帽子了事。看这样的稿子都觉头痛,改这样的稿子更感艰难。审稿历时12天,参加审稿、当时63岁的黄永年先生向我们诉苦:"头发掉了一把!"有的编委说,千佛山古称历山,传说舜在这里开垦耕耘,十分艰辛,我们住在舜耕山庄,预示着我们为这套丛书垦荒笔耕,也要历尽千辛。这次审稿,经过审改之后,有10部书稿合格,有11部需会后再作小的修改方能通过,余下的均需作大的改动或另请人译注。

这次审稿还研究了所选戏曲部分的曲辞如何今译问题，如规定了念白中出现的诗句只注不译，上、下场诗只注不译，注而不译的文字在译文中应予保留以便参读。

到1990年12月，丛书常务编委在广州研究丛书如何体现批判继承精神、如何提高第二批书稿质量时，又有18部书稿完成交来。为了保证书稿质量，使1991年上半年召开的常务编委审稿会得以顺利进行，我们三个主编从广州匆匆赶到北京，用了一周时间审看了这18部书稿，通过了7部，11部退改。当我们看完最后一部书稿碰头研究时，已是12月31日。在1990年一年内，我们仅仅通过了这7部书稿。加上1989年在舜耕山庄通过的10部，也仅有17部，尚差33部方足第二批的50部。

1991年5月，常务编委来到古称嘉州的乐山市，在乐山山腰的八仙洞宾馆继续审改第二批书稿。改稿时间只有十天，要力争将50部推出，其繁重可知。我们在改稿过程中，不禁想到明万历年间嘉州知州袁子让的诗句"登临始觉浮生苦"，想到这套丛书从起步到这次审改已历时5年，当初怎么也没有想到完成这套丛书会是如此的艰辛，真是登临始觉笔耕苦啊!

这次乐山审稿,通过了13部书稿。好在余下的20部书稿只须小改即可在会后交稿,终于在1991年8月将这20部书稿全部改定交巴蜀书社。第二批50部历时近四年终于定稿了。

五、在金陵古都作光辉的一结

——第三批书稿的完成

1990年12月据出版社的要求,这套丛书出齐当为150种,到乐山会上又修正为110种至125种,最后数字的确定根据最后一次审稿结果而定,合格的即入选,不合格的不再修改选入。根据这一共识,今年4月中旬,我们一部分常务编委聚集到六朝古都南京,从已经交来的35部书稿中选择经小改合格的书稿。经过十一天的劳作,选择、改定33部,由到会的常务编委、巴蜀书社的段文桂总编和编委、巴蜀书社的刘仁清副编审带回成都,将经由他们的继续辛苦而使《古代文史名著选译丛书》以133部、1500万字之数呈献给热爱中华文化的读者。

这套丛书从1986年5月起步,历时整整六年,平日繁细工作不计,仅编委大小审稿会就开了12次之多。丛书的发起人、顾问、古委会主任周林同志先后参加了8次审稿会，每次都自始至终和大家在一起，听取审稿情况，了解遇到的问题；当我们遇到困难的时候他为我们鼓劲，当我们感到欣喜的时候他提醒我们不可大意。这次他又和我们一起来到虎踞龙蟠的石头城下，为我们督阵，看我们能否为这套丛书作出光辉的一结。

此时此刻，我们与这次会议的东道主、丛书常务编委、南京大学的周勋初先生漫步在中山陵旁，想到今译丛书已基本完成，自然感到如释重负，但理智却使我们不敢轻松，我们期待着全书133部出齐之后专家、读者的评头品足。

1992年4月26日

(原载《中国典籍与文化》1992年第1期)

古代文史名著选译丛书(修订版)总目

丛书主编:章培恒　安平秋　马樟根

书　名	译注者	审阅者	定价/元
老子注译	张玉春　金国泰	安平秋	16.00
庄子选译	马美信	章培恒	18.00
荀子选译	雪　克　王云路	董治安　许嘉璐	19.00
申鉴中论选译	张　涛　傅根清	董治安	18.00
颜氏家训选译	黄永年	许嘉璐	15.00
论语注译	孙钦善	宗福邦	28.00
孟子选译	刘聿鑫　刘晓东	黄　葵	20.00
墨子选译	刘继华	董治安	14.00
韩非子选译	刘乾先　张在义	黄　葵	19.00
新序说苑选译	曹亦冰	倪其心	25.00
论衡选译	黄中业　陈恩林	许嘉璐	22.00
管子选译	缪文远　缪　伟	董治安	18.00
列子选译	王丽萍	周勋初　倪其心	19.00
韩诗外传选译	杜泽逊　庄大钧	董治安	24.00
盐铁论选译	孙香兰　刘光胜	黄永年	13.00
诗经选译	程俊英　蒋见元	刘仁清	19.00
楚辞选译	徐建华　金舒年	金开诚	15.00
贾谊文选译	徐　超　王洲明	安平秋	17.00
司马相如文选译	费振刚　仇仲谦	安平秋	11.00
文心雕龙选译	周振甫	黄永年	17.00
庾信诗文选译	许逸民	安平秋	18.00

书　名	译注者	审阅者	定价/元
嵇康诗文选译	武秀成	倪其心	18.00
谢灵运鲍照诗选译	刘心明	周勋初	18.00
陈子昂诗文选译	王　岚	周勋初　倪其心	14.00
李白诗选译	詹　锳　等	章培恒	22.00
高适岑参诗选译	谢楚发	黄永年	23.00
元稹白居易诗选译	吴大逵　马秀娟	宗福邦	21.00
柳宗元诗文选译	王松龄　杨立扬	周勋初	18.00
李贺诗选译	冯浩菲　徐传武	刘仁清	20.00
杜牧诗文选译	吴　鸥	黄永年	14.00
李商隐诗选译	陈永正	倪其心	19.00
唐五代词选译	亦　冬	董治安	16.00
唐文粹选译	张宏生	周勋初	18.00
晚唐小品文选译	顾歆艺	平慧善	15.00
黄庭坚诗文选译	朱安群　等	倪其心	18.00
辛弃疾词选译	杨　忠	刘烈茂	24.00
元好问诗选译	郑力民	宗福邦	20.00
宋四家词选译	王晓波	倪其心	16.00
黄宗羲诗文选译	平慧善　卢敦基	马樟根	15.00
吴伟业诗选译	黄永年　马雪芹	安平秋	20.00
方苞姚鼐文选译	杨荣祥	安平秋	20.00
明代散文选译	田南池	马樟根	22.00
顾炎武诗文选译	李永祜　郭成韬	刘烈茂	23.00
张衡诗文选译	张在义　张玉春　韩格平	刘仁清	16.00
汉诗选译	张永鑫　刘桂秋	金开诚	19.00

书　名	译注者		审阅者		定价/元
阮籍诗文选译	倪其心		刘仁清		15.00
三曹诗选译	殷义祥		刘仁清		22.00
诸葛亮文选译	袁钟仁		董治安		16.00
陶渊明诗文选译	谢先俊	王勋敏	平慧善		16.00
杜甫诗选译	倪其心	吴　鸥	黄永年		17.00
王维诗选译	邓安生	等	倪其心		20.00
刘禹锡诗文选译	梁守中		倪其心		20.00
孟浩然诗选译	邓安生	孙佩君	马樟根		18.00
韩愈诗文选译	黄永年		李国祥		20.00
欧阳修诗文选译	林冠群	周济夫	曾枣庄		20.00
曾巩诗文选译	祝尚书		曾枣庄		19.00
苏轼诗文选译	曾枣庄	曾　弢	章培恒		23.00
李清照诗文词选译	平慧善		马樟根		15.00
陆游诗词选译	张永鑫	刘桂秋	黄　葵		24.00
朱熹诗文选译	黄　珅		曾枣庄		20.00
文天祥诗文选译	邓碧清		曾枣庄		20.00
袁枚诗文选译	李灵年	李泽平	倪其心		20.00
王安石诗文选译	马秀娟		刘烈茂	宗福邦	18.00
二程文选译	郭　齐		曾枣庄		25.00
范成大杨万里诗词选译	朱德才	杨　燕	董治安		26.00
萨都剌诗词选译	龙德寿		曾枣庄		28.00
王阳明诗文选译	吴　格		章培恒		18.00
徐渭诗文选译	傅　杰		许嘉璐	刘仁清	17.00
李贽文选译	陈蔚松	顾志华	李国祥	曾枣庄	17.00

书　名	译注者		审阅者	定价/元
三袁诗文选译	任巧珍		董治安	17.00
王士禛诗选译	王小舒	陈广澧	黄永年	13.00
龚自珍诗文选译	朱邦蔚	关道雄	周勋初	13.00
尚书选译	李国祥 谢贵安	刘韶军 庞子朝	宗福邦	14.00
礼记选译	朱正义	林开甲	宗福邦	22.00
左传选译	陈世铙		董治安	22.00
国语选译	高振铎	刘乾先	黄　葵	22.00
战国策选译	任　重	霍旭东	李国祥	21.00
吕氏春秋选译	刘文忠		董治安	17.00
吴越春秋选译	郁　默		倪其心	19.00
史记选译	李国祥 张三夕	李长弓	安平秋	29.00
汉书选译	张世俊	任巧珍	李国祥	22.00
后汉书选译	李国祥 彭益林	杨　昶	许嘉璐	24.00
三国志选译	刘　琳		黄　葵	18.00
晋书选译	杜宝元		许嘉璐	15.00
宋书选译	漆泽邦	孔　毅	李国祥	19.00
南齐书选译	徐克谦		周勋初	18.00
北齐书选译	黄永年		安平秋	16.00
梁书选译	于　白		周勋初	17.00
陈书选译	赵　益		周勋初	17.00
南史选译	漆泽邦		安平秋	22.00
北史选译	刁忠民		段文桂	20.00

书　名	译注者	审阅者	定价/元
周书选译	黄永年	安平秋	15.00
魏书选译	杨世文　郑　晔	周勋初	22.00
隋书选译	武秀成　赵　益	周勋初	20.00
新唐书选译	雷巧玲　李成甲	黄永年	16.00
旧唐书选译	黄永年	章培恒	16.00
新五代史选译	李国祥　王玉德 姚伟钧	周勋初	18.00
旧五代史选译	贾二强	黄永年	17.00
宋史选译	淮　沛　汤　墨	曾枣庄	20.00
辽史选译	郭　齐　吴洪泽	曾枣庄	21.00
金史选译	杨世文　祝尚书 李文泽　王晓波	曾枣庄	21.00
元史选译	樊善国　徐　梓	马樟根	25.00
明史选译	杨　昶	李国祥	20.00
清史稿选译	黄　毅	章培恒	22.00
贞观政要选译	裴汝诚　王义耀	黄永年	18.00
史通选译	侯昌吉　钱安琪	周勋初	16.00
资治通鉴选译	李　庆	黄永年	16.00
续资治通鉴选译	徐光烈	安平秋	24.00
通鉴纪事本末选译	谈蓓芳	章培恒	21.00
洛阳伽蓝记选译	韩结根	章培恒	22.00
梦溪笔谈选译	李文泽	曾枣庄	20.00
徐霞客游记选译	周晓薇　等	黄永年　马樟根	17.00
宋代笔记小说选译	朱瑞熙　程君健	金开诚等	19.00
关汉卿杂剧选译	黄仕忠	刘烈茂	24.00

书　名	译注者		审阅者		定价/元
明代文言短篇小说选译	黄　敏		章培恒		23.00
六朝志怪小说选译	肖海波	罗少卿	刘仁清		21.00
世说新语选译	柳士镇	钱南秀	周勋初		23.00
水经注选译	赵望秦 张艳云	段塔丽	许嘉璐		19.00
唐人传奇选译	周　晨		曾枣庄		24.00
唐五代笔记小说选译	严　杰		周勋初		21.00
大慈恩寺三藏法师传选译	贾二强		黄永年		18.00
宋代传奇选译	姚　松		周勋初		22.00
聊斋志异选译	刘烈茂 欧阳世昌		章培恒		22.00
阅微草堂笔记选译	黄国声		安平秋		16.00
清代文言小说选译	王火青		周勋初		23.00
历代名画记图画见闻志选译	周晓薇	赵望秦	黄永年		17.00
容斋随笔选译	罗积勇		宗福邦		20.00
唐才子传选译	张　萍	陆三强	黄永年		24.00
西厢记选译	王立言		董治安		20.00
元代散曲选译	彭久安		刘烈茂	金开诚	21.00
日知录选译	张艳云	段塔丽	黄永年		22.00
桃花扇选译	张文澍		章培恒	段文桂	15.00
牡丹亭选译	卓连营		章培恒		14.00
长生殿选译	戚海燕		董治安		20.00